Emil Granichstädten

Galante Könige

Ein Lustspielabend in vier Abtheilungen

Emil Granichstädten

Galante Könige
Ein Lustspielabend in vier Abtheilungen

ISBN/EAN: 9783743396623

Hergestellt in Europa, USA, Kanada, Australien, Japan

Cover: Foto ©Andreas Hilbeck / pixelio.de

Manufactured and distributed by brebook publishing software
(www.brebook.com)

Emil Granichstädten

Galante Könige

Galante Könige.

Ein Lustspielabend in vier Abtheilungen

von

Emil Granichstaedten.

Zum ersten Male aufgeführt im k. k. Hof-Burgtheater in Wien am 6. Jänner 1888.

Wien 1888.
Wallishausser'sche k. k. Hof-Buchhandlung
Adolph W. Künast
I. Hoher Markt Nr. I.

Meiner Frau

 Olga

gewidmet.

E. G.

I. Abtheilung.

Gräfin Moret.

Lustspiel in einem Aufzuge.

Personen.

	Besetzung des k. k. Hof-Burgtheaters.
Heinrich IV., König von Frankreich	Herr Krastel.
Herzogin von Guise . . . . , . .	Frau Schönfeld.
Herzog von Guise } ihre Söhne {	Herr Devrient.
Prinz von Joinville } {	Frl. Hohenfels.
René du Bec, Marquis von Vardes, Obrist . . .	Herr Gabillon.
Toinette Gräfin Moret	Frau Schratt.
Toinette's Kammerfrau	Frau Wagner.

Cavaliere, Pagen.

Ort der Handlung: Das königliche Schloß Nantes. Zeit: 1598.

Zimmer im Schlosse zu Nantes. Mittelthür. Ein Tisch, Stühle und sonstige reiche Einrichtung. An der linken Seitenwand vorn ein großer, um etliche Stufen erhöhter Erker, an dessen Rückwand eine Thür zu Toinette's Wohnzimmer; Teppiche sind nach Art von Portièren rechts und links an dem Erker angebracht; im Erker ein Stuhl, ein Schemel; an der Fensterwand hängt eine Guitarre.

Erste Scene.

Joinville (steht an der Thür zu Toinette's Schlafzimmer und lauscht).

Joinville.

Gott sei Dank! — Die Halskrause sitzt jetzt richtig. (Man hört die Thurmuhr schlagen.) Elf Uhr! — Die Messe ist längst vorüber. Pah! — Mag die Mutter schelten. Ich bin verliebt und habe eine Stunde lang vor der Thür der Geliebten geathmet. — O weh! Noch Blumen in das Haar. — Wie kann man sich so lange putzen, wenn man so schön ist! — Nur eine Rose, das geht an. — Rechts. — Links. — Nein, doch lieber rechts, ein wenig tiefer. — So! — Ein himmlisches Erlösungswort, dieses „So!" — Sie wird kommen, schöner als alle meine Einbildungen sie zu malen vermöchten. — Sie ist da!

Zweite Sene.

Joinville (tritt einige Schritte von der Thür zurück). Toinette (kommt aus dem Schlafzimmer).

Joinville

(eilt ihr entgegen und ruft erst freudig und dann mit übermächtiger Wehmuth):

Toinette! — Toinette!

Toinette.

Sie sind noch hier, mein Prinz?

Joinville.

Und Sie erwarten den König —!

Toinette.

Meinen gnädigen, guten — unglücklichen König.

Joinville.

Sie nennen ihn unglücklich?

Toinette.

Allerdings — einen langen kalten Winter hat er im
Feldlager verfroren und verloren. Endlich, als Sieger heim=
gekehrt, wird er von seinen Ministern überfallen und findet
zwischen allen den Pergamenten und Papieren keine Zeit,
seine kleine Toinette zu sehen. Sully hält ihm eine Rede nach
der andern und Sie glauben nicht, welche langweilige Sache
das Anhören ist, wenn das Herz vergeblich nach Liebe ruft.

Joinville.

Mir das, Gräfin! Mir! Oh, Sie glauben nicht, welch'
langweilige Sache das Lieben ist, wenn das Herz vergeblich
nach Erhörung ruft.

Toinette (streichelt ihm die Backen).

Mein lieber kleiner Prinz, das verstehen Sie nicht.

Joinville (mit feierlichem Ernst).

Ich beschwöre Sie, Gräfin! Keine üblen Scherze in dieser
ernsten Stunde. Ich habe vor Ihrer Thüre geschmachtet wie
ein Mann, gelauscht als ein Verliebter. Oh, Sie kennen
meine Ergebenheit für Sie. Ich weiß, daß die Lederschuhe
Sie drückten, und ich sah im Geiste die zauberischen Füße
vor mir, welche von Seidenschuhen geküßt werden. Während
dieses langen herrlichen Winters bin ich im Dienste meiner
Dame zum Manne geworden und ich bin gewillt, das gegen
Jeden zu erweisen, so wahr ich Prinz von Joinville heiße.

Toinette.

Also, Prinz von Joinville, in allem Ernst: — —
Haben Sie Ihre lateinische Aufgabe für Morgen schon fertig?

Joinville (erröthend).

Morgen ist Sonntag und Montag werde ich meinen
Hofmeister zum Fenster hinauswerfen. — Sie thun Unrecht
daran, mich so zu verspotten. Ich liebe Sie und ich dulde
es nicht, daß dieser Heinrich mir alle Küsse wegschmaust, um
die ich vergeblich geworben habe — weil er graue Haare
hat und König ist.

Toinette.

Das ist eine unartige Sprache. Sie sind zu jung; warten Sie doch, bis Sie einen Schnurrbart haben.

Joinville.

Ich trage meinen Schnurrbart am Herzen.

Toinette.

Nicht doch — an den Augen tragen Sie ihn, Sie essen mit den Augen einen gebratenen Ochsen und Sie lieben mit den Augen, weil Sie sehen, daß die Männer mit Liebethaten flunkern. — Aber, mein Prinz, Sie müssen gehen; der König würde es übel vermerken, wenn er Sie bei mir träfe.

Joinville.

Würde er das? Dann müßte meine reizende Toinette dem Könige doch glauben, daß ich ein Mann bin.

Dritte Scene.
Vorige. Die Kammerfrau.

Kammerfrau.

Obrist René du Bec, Marquis von Bardes, ist im Vorzimmer; er kommt im Auftrage des Königs.

Joinville.

Ein Liebesbote, würdig dessen, der ihn gesandt hat. Ha! Kennen Sie den Marquis?

Toinette.

Ich habe von ihm gehört. Er ist ein Held; und in seiner Gesellschaft werden nur solche Späße gemacht, bei denen er mitlacht.

Joinville.

Gewiß, er paßt so gut in einen Liebeshandel, wie ein Kürbis in einen Blumenstrauß. Seine Tapferkeit wird nur von seinem Durste übertroffen. Er trägt das Wappen im Gesicht, eine Flasche Burgunder, und ein vernichtender Grimm erfaßt ihn, wenn er ein volles Faß sieht, er räumt es aus vom Pfropfen bis zum letzten Tropfen, und wenn er Alles durch die Gurgel gegossen hat, dann flucht er über die Faßbinder, welche am Maß betrügen, weil sie das theure Holz sparen wollen. Und solchen Weinsack schickt König Heinrich als Liebesboten. Er ist eifersüchtig, der gute König, und fürchtet, seine Toinette könnte sich in Männer vergaffen. Darum läßt er ein Scheusal seine Liebesschwüre vermelden. O, Toinette, ich beklage Sie, und darum müssen Sie mich achten; ich liebe Sie, und darum müssen Sie mich beklagen; und weil Sie mich beklagen und achten müssen, darum sollen Sie mir, bevor ich gehe, einen Kuß geben.

Toinette.

Du kleiner Prahler, hol' Dir ihn, wenn Du an meinen Mund hinanreichst.

Joinville.

Noch immer Spott! Man sagt ja, des Königs Zwerg rühme sich — bis an die Lippen der Marquise Verneuil zu reichen.

Toinette.

Man sagt auch, der Hofzwerg habe eine goldene Treppe bis zu dieser fröhlichen Höhe gebaut.

Joinville.

Meine Liebe aber hat Flügel; (er springt auf Toinette zu, küßt sie, diese schreit auf) und nun, würdige Dame (zur Kammerfrau), geleitet mich, damit der König meinen Besuch nicht übel ver= merke. (Ab mit der Kammerfrau.)

Vierte Scene.

Toinette (allein, dann René).

Toinette (blickt dem Prinzen nach).

Ah! Das war ein Kuß! — So ganz nur Kind ist dieser Prinz nicht mehr.

René (tritt ein und stellt sich vor).

Obrist René du Bec, Marquis von Varbes, im Auf= trage des Königs.

Toinette (sieht ihn erstaunt an und lacht).

René (lacht auch).

Sacre bleu, man hat mich recht geführt. Das ist König Heinrich's lustige Toinette.

Toinette (noch immer lachend).

Verzeihen Sie, Marquis, aber solche muntere Helden bezwingen uns, wie sie den Feind bezwangen.

René.

Wahrhaftig? — Darüber ließe sich reden. — Ich will's nur ehrlich gestehen, ich habe mir diese Bestellung als Gunst erbeten. Die Liebe des Königs bringe ich Ihnen brieflich. (Er überreicht den Brief.) Wenn es Ihnen damit genug ist, dann gut; wenn nicht — aber der König vor Allem. Er hat mehr Rührseligkeit als Tinte verbraucht mit diesem Schreiben. (Toinette öffnet den Brief, und während sie liest, recitirt René das Schreiben aus der Erinnerung.) Meine theure Toinette! Ich habe die Spanier besiegt, um in die Arme der schönsten Französin zurückzukehren. Die Hoffnung auf Deine Liebe war mein Sieges= preis, Dein Bild war mir Trost in allen Widerwärtigkeiten. Ich beneide das Papier, denn es ruht in Deiner Hand. Sei frohen Muthes; bevor Du meine Grüße vergessen hast, um= arme ich Dich selbst. Dein getreuer Heinrich."

Toinette (erstaunt).

Ja wohl. — So schreibt mein gnädiger König. Hat er Ihnen den Brief etwa vorgelesen?

René.

Bewahre! — Dessen hat es weiter nicht Noth gehabt. — (Losbrechend.) Ich habe ihm den Brief vorgelesen und in die Feder dictirt.

Toinette.

Marquis! — Haben Sie auch vom Könige den Auftrag bekommen, Ihren Spott mit einem thörichten Mädchen zu treiben?

René.

Fast möchte ich sagen: Ja. Aber ich dulde nicht, daß Sie zum Gespötte alberner Schranzen und niederträchtiger Buhlweiber werden. Ich dulde es nicht. Ich habe es ihm redlich angekündigt, daß ich plaudern werde, und da hat er gelacht und gemeint: Sag', was Du willst — und wenn Sie es erlauben, so will ich's sagen.

Toinette.

Du lieber Himmel! Was denn? — Daß der König mich nicht mehr liebt?

René.

Bewahre. Ah! Er liebt Sie noch — notabene wenn er Zeit hat, oder noch besser, wenn die Junker, die Diplomaten und glatten Herren ihm Zeit lassen, an Sie zu denken. Im Uebrigen ist König Heinrich, mit Respect zu vermelden, ein echter Türke geworden. Er hält es mit der Liebe, wie die Stutzer mit ihren Kleidern. So ein Modeherrchen geht Montag in Roth, Dienstag in Blau, Mittwoch in Grün, und so fort bis zum heiligen Sonntag; da spaziert er als Papagei in allen Farben und nur der Schnabel, mit dem er nach Papageienart klettert, den er überall wetzt und mit dem er beißt, der ist immer gleich schwarz, wie der Gottseibeiuns. Gott erhalte den König! — Aber in Sachen der Liebe! — Nun, ich denke, auf Sie wird der Mittwoch kommen — wenn die Marquise von Verneuil nichts dawider hat.

Toinette (weint).

Oh, das ist sehr traurig für mich. — Aber ich habe es der Mutter immer gesagt: Ich bin zu einfältig für einen König.

René.

Du gutes Kind!

Toinette.

Aber die Mutter wollte es mir nicht glauben. Der Vater war schon lange todt, der Bruder war im Kriege gefallen und wir saßen auf unserem ärmlichen Schlosse — da war es so einsam, so ängstlich. — „Komm', Toinette", sagte die Mutter, „gehen wir an den Hof. König Heinrich beschützt die Frauen und — seine Gabriele ist todt." So gingen wir, und nun ist die Mutter auch todt — und König Heinrich verläßt mich.

René.

Sacre bleu! — Deshalb sollst Du nicht weinen, schönes Kind. Weinen! Puh! Kein ekligeres Naß, als Thränen. — Besser ein Tintenklex auf den Wangen, als dieses Salzwasser in schönen Augen. — Fort damit! Vor Dir steht ein Mann, der Dich liebt und der gekommen ist, es Dir zu sagen.

Toinette.

Sie — Herr Marquis?

René.

Siehst Du, Mädchen, jetzt lachst Du wieder. — Verzeihung, Gräfin, ich rede so gerade heraus, und wie Sie geweint haben, da mußte ich „Du" sagen; ich glaubte, das sei tröstlicher. — Ja, Gräfin, ich liebe Sie, und König Heinrich selbst hat mich verliebt gemacht. —

Toinette.

Er ist meiner überdrüssig und Sie sollen ihn von mir befreien.

René.

Nein. — Auf den Handel ist der Geschmack des Marquis von Barbes nicht eingerichtet. — Aber Dich dem Könige abzuwenden, ihm den Abschied zu geben und die gute Lehre dazu, daß ein richtiges Frauenzimmer eine ehrliche Liebe braucht, und daß unsere Französinnen keine Türkinnen sind — das soll mir ein Gaudium sein, und um dessentwillen habe ich ihm schon im Feldlager gesagt: Majestät, die Toinette muß meine Kriegsbeute werden.

Toinette.

Und der König?

René.

Je nun — der hat mich ausgelacht. Dann aber hat er mir wieder Ihr Bild gezeigt und hat es — vor mir geküßt und hat erzählt von den Grübchen an den Fingergelenken, von Grübchen an Ihrem Ellbogen und von dem Lachen, dem Frohsinn und den schönen Augen seiner Toinette, und dann haben wir etliche Gläser Burgunder auf Ihr Wohl getrunken. Und dann hat er mir ein Geheimniß mitgetheilt — ein Geheimniß — daß Sie spröde sind, schöne Gräfin, daß er Ihnen, die Jedermann für seine Geliebte hält, kaum erst ein Paar Küsse rauben konnte. — Und dann ist er eingeschlafen mit einem glücklichen Lächeln auf den Lippen.

Toinette.

Er liebt mich also doch, mein guter König!

René.

Ja, Prosit Mahlzeit! — Und ich saß da und guckte auf den König und dachte an Sie. — Weiß Gott, er ist ein König im Geiste des Herrn und zur Freude der Menschen.

Und wenn er Sie liebte, wie er seine Gabriele geliebt hat, ich würde neidlos sein Glück ihm gönnen. Aber die Schmarotzer und Schranzen brauchen politische Frauenzimmer, die weniger zimperlich sind, wie Sie, und die um Würden und Aemter, um Gnaden und Küsse zu markten verstehen. Solch ein Frauen= zimmer ist die Verneuil. Ein stolzes Weib, und respectirlich sieht sie aus, wie eine Aebtiffin. Ja, wenn so eine heilige Dame — lacht, so gibt das anders aus und ihre Augen verstehen es, alle Teufeleien in einen Blick zu stecken, daß ein Mannsbild schier trunken wird von solcher Liebesgnade. — „Ein bedeutendes Weib" nennt sie der König nnd sonnt sich in ihrer Laune, hat seinen Spaß an ihren Einfällen und der ganze Schwarm von seidenen Herren singt ihr Lob vom frühen Morgen bis zum späten Abend. Ja, liebe Gräfin, und wir sind „zu einfältig für einen König". Nicht schmollen — jetzt kommt meine Philosophie!

Toinette.

Ist die vielleicht auch so traurig?

René.

Nein, Gräfin, ich hoffe, Sie sollen damit zufrieden sein.

Toinette.

Dann sagen Sie lieber „Du" zu mir. — Es klingt wirklich tröstlicher.

René.

Wirklich? — Gut denn. Meine Philosophie hat mämlich zwei Capitel, und das erste handelt von Dir, schönste Toinette. — Wenn bei einem Gelage ein halber Eimer Wein in den Gläsern und Kannen übrig bleibt, so ist's weiter kein Unglück. Die Gäste haben getrunken, was sie konnten, und den Rest saufen die Knechte. Ich gönne es den Burschen und der Wein ist zum Trinken da. Wenn aber ein schönes Frauenzimmer ungeliebt verkommt, so ist's ein Unglück, oder die — Knaben machen es mit ihr wie mit dem Wein.

Toinette.

Ihr seid unartig, Marquis.

René.

Sei gut, Mädchen! — Das ist so meine schlichte Meinung, und ich bin Keiner von Denen, welche die Tafel abräumen. Aber ein Gänschen, das frisch von der Mutter weg zum Altar geht, ist nichts mehr für mich. Zur Hochzeit ist sie mir zu einfältig und nach der Hochzeit könnte sie mir zu klug werden. Solches Fräulein, das noch keinen Gecken und keinen Courmacher gekannt hat, glaubt dann, ich solle ihr den Gecken und den Courmacher abgeben, und wenn ich den Firlefanz ihr nicht zu Gefallen thue, dann Lebewohl, Hausfrieden und Hausehre. — Eine Wittfrau also! — Die mir von ihrem Seligen vorklagt, wenn ich ihr nicht jeden Willen thue. Nein, da lobe ich mir Heinrich's Toinette; wenn sie der Gecken und der Courmacher satt ist und mir glaubt, daß René du Bec, Marquis von Varbes, sie besser liebt, als König Heinrich. Dann will ich mit ihr artig sein und Complimente machen. (Er thut es.) Dann will ich ihr meine Schnurren erzählen von den Jagden, den Tafeln und den Kriegsfahrten, dann will ich ihr Geck, ihr Courmacher und ihr König sein. — Sie lachen mich aus?

Toinette.

Nein, Marquis, ich lache blos. — (Der Marquis küßt ihr die Hand und berührt mit der Nase das Handgelenk. Toinette lacht immer lauter und streichelt René's Nase.)

René.

Ha! Da haben wir's, Gräfin, meine Nase! — Sie haben mich doch ausgelacht.

Toinette (noch immer lachend).

Ihre Nase, Marquis, allerdings, die ist lustig, aber ich lache Sie gewiß nicht aus. Oh! Ich habe alle Achtung für Sie. Da ist Ihr Degen. Ich wette darauf, die Klinge ist zerhackt und zeigt Blutflecken; die Zeugen Ihrer Tapferkeit, und Ihre Nase, Marquis — ist der Zeuge Ihres Durstes.

René.

Da haben Sie Recht, göttliche Gräfin! — Und mein Durst ist ein redlicher, fröhlicher, tüchtiger Mannesdurst, vor dem kein Frauenzimmer zu erschrecken braucht. Andere Leute, Schwächlinge und Narren sogar, trinken auch, aber der Wein steigt ihnen zu Kopfe und sie werden dumm wie die Thiere, oder er frißt sich in ihre Beine und sie kriegen das Podagra, oder er geht gar in die Leber und die Kerle fallen um und sind todt. Mir fährt der rothe Wein in meine Nase und erzählt Jedem, der mich sieht, daß ich ein ehrlicher Mann bin, der Gottes zweitbeste Gabe — die beste sind Sie, Gräfin — nicht verkommen läßt. Hole der Teufel die Schelme, welche eine zimperliche Mutter geboren hat, die sich dann einen Frost in die Nase hineinfrieren und mit solch' einer blauen Nase Staat machen, als ob sie trinken könnten. Sie, Gräfin, haben die richtige Ansicht von mir und darum — nein! Schlagen Sie noch nicht ein. Ich will doch erst gehen, die Sache mit dem König in Ordnung zu bringen. (Er geht und wirft im Fortgehen Toinette Kußhändchen zu.) Adieu!

Toinette.

Adieu!

René.

Auf Wiedersehen! (Ab.)

Fünfte Scene.

Toinette allein.

Toinette (ihm nachblickend).

Auf Wiedersehen! — Das ist ein Mann, aber (weinend) seine rothe Nase ist fürchterlich. — (Ab in ihr Schlafgemach.)

Sechste Scene.

Joinville, Guise und mehrere Cavaliere (kommen durch die Mittelthüre).

Guise.

Hast Du den Seitenblick bemerkt, den mir die Verneuil zuwarf, als ich ihr mein Compliment machte?

Joinville.

Ich stand ja neben Dir, und überdies wurdest Du so roth wie ein Schulknabe.

Guise.

Wähle Deine Ausdrücke besser, Joinville — doch für heute mag's hingehen; ich wurde roth wie ein Glücklicher. Dieser Seitenblick bedeutete eine Seligkeit.

Joinville.

Meinst Du. Ich kenne diese Art schöner Frauen, uns zu ködern. Diese Blicke bedeuten gar nichts.

Guise.

Für Dich gewiß nichts, mein Junge. Aber ich bin ein Mann. Mit mir spielt man nicht.

Siebente Scene.

Vorige, René aus der Mittelthüre und ein Page (der, aus dem Zimmer Toinette's kommend, an Joinville einen Brief überreicht).

René.

Guten Morgen, meine Herren. Besucht der König die Gräfin?

Guise.

Er ist bei der Marquise Verneuil zurückgeblieben. Wir erwarten hier seine Befehle.

Joinville

(hat unterdessen den Brief geöffnet und liest für sich).

„Mein Prinz! Wenn Sie mich wirklich lieben, so eilen Sie sofort zu ihrer ergebenen Dienerin Toinette." (Zu Guise.) Du hast Recht, mein Bruder; diese Seitenblicke bedeuten eine Seligkeit. — Auf Wiedersehen, meine Herren! (Im Abgehen für sich.) Ich bin der glücklichste Mensch in ganz Frankreich. (Er entschlüpft unbemerkt durch die Erkerthür.)

René

(hat unterdessen mit einem der Cavaliere gesprochen; da dieser lacht, wendet er sich laut an Guise).

Das ist durchaus kein Spaß; oder finden Sie es spaßhaft, Herzog, wenn ich die Ansicht ausspreche, daß die Gräfin Moret eine bessere Behandlung verdient, als die, welche ihr zu Theil wird?

Guise (lächelnd).

Der König liebt die Gräfin.

René.

Ja wohl, so nebenbei; aber eine so ausgezeichnete Dame liebt man nicht so nebenbei. Die braucht ihren ganzen Mann, und der Friede hat mir meine Freiheit wiedergegeben. Ich werde die Gräfin auf mein Schloß entführen.

Guise (lacht).

Sie wollten? Hahaha, Sie! — Marquis v. Bardes? — Das ist in der That ein toller Spaß.

René.

Und ich sage Ihnen, Herzog, das ist mein voller Ernst. (Guise und die Cavaliere lachen.)

2

René.

Wer lacht noch! Ein Schelm, der lacht, wenn ich ernst=
haft rede.

Guise (den Degen ziehend).

Marquis!

René (ebenso).

Herzog!

Achte Scene.

Vorige, der König (aus der Mittelthür).

Guise.

Der König!

König.

Was gibt's? (Alle schweigen.) Muß ich zweimal fragen?
— Vetter Guise, was ist hier vorgefallen?

Guise.

Nichts, was ich wagen dürfte, Eurer Majestät vorzu=
tragen. (Steckt den Degen ein, ebenso René.)

König.

Und was sagen Sie, René du Bec?

René.

Daß es ein ehrlicher Handel ist und deshalb nichts
für die Sprache von Eurer Majestät Hofleuten. — Ich er=
zählte, daß ich der Gräfin Antoinette Moret meine Hand
angetragen habe, weil sie mir gefällt, und daß ich das Beste
für meine Werbung hoffe.

König.

Das haben Sie gewagt, Marquis?

René.

Allerdings, Majestät; Gräfin Moret ist zu schön, zu
liebenswürdig für die Vernachlässigung, die sie erfährt, und
daß ich Toinette nicht vernachlässigen würde, mögen mir Eure
Majestät glauben.

König (lacht).

Brav, mein guter René! Sie waren mein Liebesbote
bei der Gräfin und Sie mahnen mich an meine Pflichten.
Sie haben Recht. — Gehen wir zur Gräfin.

René (treuherzig).

Ja, Majestät, gehen wir zur Gräfin. Toinette soll ent=
scheiden.

König.

Entscheiden? Hahaha!. (Guise und die Cavaliere lachen.)

René.

Der König erlaubt den Herren zu lachen. Hahaha,
dann soll's für mich auch etwas zu lachen geben.

König.

Ich danke, meine Herren. (Guise und die Cavaliere ab.)

Neunte Scene.

(Im Augenblicke, da der König und René sich dem Erker zuwenden, er=
scheinen Toinette mit Joinville in der Erkerthür.)

König (leise zu René).

Der Prinz von Joinville bei der Gräfin?

René.

Ein Kind, Majestät.

König.

Ah, hören wir! (Sie verstecken sich hinter der Portière.)

Toinette.

Sie sind ein guter Junge. (Setzt sich an das Erkerfenster.)

Joinville.

Und doch lassen Sie mich um einen zweiten Kuß ver=
gebens bitten und nennen mich einen Knaben. (Setzt sich auf den
Schemel zu Toinette's Füßen.)

Toinette.

Oh, Sie sind ein wackerer Prinz.

Joinville.

Ein Mann, Gräfin, ein Mann; die Mutter will einen
Gelehrten aus mir machen, und darum kein Ende mit den
Lehrern der Philosophie, der Geschichte und der Rechtsgelehr=
samkeit. Aber fragen Sie nur meine Stallmeister und meine
Fechtlehrer. — Oho, die behandeln mich wie einen jungen
Herrn. Ich habe mich im Herbst zum Felddienste gemeldet
und mußte daheim bleiben, Virgil und Horaz zu lesen,

während meine Altersgenossen mit den Spaniern fochten und von schönen Frauen und Mädchen den süßen Dank für ihre Tapferkeit empfingen.

Toinette.

Ich glaube wohl an Ihre Tapferkeit; aber was hilft die schönste Parade, wenn der letzte Troßknecht Sie Ihnen durchschlägt?

Joinville.

Er soll's versuchen. Bevor er zum Streiche ausholt, hat er meine Klinge im Leibe. — Und dann. Was ist Tapferkeit? Der Muth, sterben zu können im ritterlichen Kampfe. Mehr konnte Roland auch nicht und, Gräfin, ich habe diesen Muth.

Toinette.

Und wenn Jemand jetzt käme und zu Ihnen sagte: „Fort da! Toinette ist meine Braut"?

Joinville.

Beim heiligen Georg, ich würde ihn tödten. — Aber das war doch wohl nur ein Beispiel?

Toinette.

Ja, Prinz, ein Beispiel — für mich, ob mein Herz noch empfänglich ist für die Liebesschwüre der Courmacher. (René lacht verstohlen.)

Joinville.

Nicht höher schätzen Sie meine Liebe? O Gräfin! Erlauben Sie mir, diesem Jemand zu antworten: Pardon! Toinette ist meine Braut.

Toinette.

Das wäre freilich eine tüchtige Antwort.

Joinville.

Und eine tüchtige Probe meiner Tapferkeit.

Toinette.

Aber mein Prinz, Sie müssen gehen. — Das war ein Scherz.

Joinville.

Und mein schönes Lied, das ich für Sie gemacht habe? — Keinen Kuß, keine Brautschaft und kein Lied soll dieses Stelldichein gebracht haben? (Er sieht in das Zimmer.) Wir sind allein!

Toinette.

Singen Sie Ihr Lied und dann sollen Sie auch Ihren zweiten — Ihren letzten Kuß von mir bekommen.

Joinville.

Bis zum Brautkuß.

(Joinville singt zur Guitarre.)

Das Herze wund, im Auge Thränen,
Mit süßem, bangen, wildem Sehnen
Denk' ich, Geliebte, nur an Dich.
Zu Dir nur lenk' ich meine Schritte,
Zu Dir allein nur flehe ich:
Gewähre mir, um was ich bitte!

Toinette.

Das ist ein allerliebstes Couplet. Sie werden als Troubadour Ihr Glück machen, Prinz.

Joinville.

Das war die Sprache der Liebe; merken Sie die zweite Strophe, sie hat die Sprache der Tapferkeit. (Singt.)

Wie ärmlich ist die Königskrone
Vor dem erträumten Liebeslohne,
Den nur Dein Herz verschenken kann.
Und wenn ich mit dem König stritte,
Ich wäre doch der bess're Mann, —
Gewährst Du mir, um was ich bitte.

König (tritt vor).

Des Sängers Lohn wird der König bezahlen.

(Toinette und Joinville schrieen auf und da Toinette wankt und über das Geländer zu stürzen droht, springt René zu und führt sie über die Stufen herab.)

König (die Reitpeitsche schwingend).

Prinz von Joinville! Genügt Ihnen meine Peitsche?

Joinville (stammelnd).

Ich werde bitten — Majestät — mich als — einen Mann zu behandeln.

König.

Dann müßte mir Ihr Kopf diese Verwegenheit zahlen. (Zu René.) Ich bitte die Herzogin von Guise, hieher zu kommen. (René geht ab.) Toinette, was sollte dieser alberne Scherz?

Toinette.

Ich bitte für den Vorwitz des Prinzen um Verzeihung. Als Eure Majeſtät dazwiſchentraten, wollte ich dem Prinzen ſeine Unart gegen den König verweiſen.

König.

Und Sie dulbeten die Unart, daß der Prinz Sie umwirbt!

Toinette.

Ich glaubte den Wünſchen Eurer Majeſtät zu begegnen. Meine Pflichten ruhten auf meines Königs Wohlgefallen und als ich Ihnen, Sire, nicht mehr gefiel, da war ich unglücklich, ſehr unglücklich. (René kommt zurück.)

König.

Und lachten mit dieſem vorlauten Knaben über mich und meine Liebe?

Toinette.

Ein Fehler meiner Jugend, daß ich ſo wenig weinen kann.

René (brummt vor ſich hin).

Und das wird vernachläſſigt. — Kein Wunder! — Selbſt ein Pferd will ſeine Wartung.

König.

Sie haben mir weh gethan, Toinette. — Wenn Sie mich geliebt hätten, ſo hätten Sie geweint und mir verziehen. Das iſt eine falſche Rechnung im Herzenshaushalte des Mannes. Ein Weib iſt mehr als genug für ihn, wenn es ein Weib iſt nach ſeiner ganzen Art des Herzens und des Geiſtes, wie es Margarethe nicht war und Gabriele nicht ſein ſollte. — Eine Geliebte und (leiſer zu Toinette) gar eine ſpröde iſt aber zu wenig für ihn.

Toinette.

Weil ſie nicht geliebt iſt?

König.

Der Prinz aber?

Toinette.

Hat um meine Hand angehalten.

René.

Ich auch, Majeſtät.

König.

Marquis von Bardes. — Wir scherzen nicht in diesem Augenblicke. (Zu Joinville.) Ihnen, Prinz Joinville, vor Allem diese Lehre: „Du sollst nicht das Weib begehren Deines Nächsten", das ist ein heiliges Gebot des Glaubens; „Du sollst nicht die Geliebte begehren Deines Nächsten" ist ein erstes Gebot der Galanterie. Es ist feige, untreu und von schlechtem Geschmacke, wenn ein Edelmann von den Mädchen des Landes keine andere für sein Herz zu finden weiß, als die, welche der Freund sich erwählt hat. Solches Benehmen zeigt, daß der Herr sich nicht die Kraft und das Glück zutraut, selbst die frische Frucht vom Baume zu pflücken; er stiehlt den Apfel dem Gefährten aus der Tasche. Das ist Schwäche und Feigheit zugleich. Wohin käme die Freundschaft unter Männern, wenn ein Freund dem andern in glücklichen Stunden nicht die Liebste preisen sollte und fürchten müßte, daß er um seine beste Lebensfreude betrogen? Ihnen, Prinz, war der König der Nächste und Sie haben Ihren König bestohlen. Das wäre Felonie, wenn es Ihnen geglückt wäre; das war Empörung, wenn es geschah, um den König zu beleidigen. Die Galanterie hat ihr Anrecht auf unberührte oder freie Herzen, dann ist sie ein holdes Kriegsspiel der Liebenswürdigkeit, in dem der Besiegte Sieger und die Siegerin die Besiegte ist. Die Galanterie des Treubruches ist die Falschmünzerei der Liebe, sie entwürdigt die Menschheit und entehrt die Gesellschaft, welche sie duldet. Merken Sie sich das, Prinz, für die Zeit, da Sie ein Mann sein werden.

René (an den König herantretend, leise).

Mit Verlaub, Majestät. Wenn aber so zum Beispiel mein Camerade die Taschen mit Aepfeln vollgestopft hat und während des Essens einen davon fallen läßt, so wird sein durstiger Freund das runde bausbackige Ding aufheben und — mit allen Zähnen hineinbeißen. — — Die Herzogin.

Zehnte Scene.
(Zwei Pagen öffnen die Thür. Die Herzogin von Guise erscheint. Die Pagen ziehen sich zurück.)

Herzogin.

Zu Ihrem Befehl, mein König. Was soll die Herzogin von Guise in diesen Räumen?

König.

Ihren Sohn besser erziehen, Muhme.

Herzogin
(bemerkt den Prinzen, der beschämt die Augen niederschlägt).

Was hat der Junge angestellt? — Er hat die Messe versäumt. —

König (sie unterbrechend).

Ich bin sehr unzufrieden mit der Aufführung des Prinzen, und wahrlich, wenn nicht mein Herz voll Achtung und Ehrerbietung für Sie wäre, Herzogin, er sollte meinen Zorn mit seinem Blute zahlen.

Herzogin.

Und dieser Schlupfwinkel des königlichen Schlosses! Ist hier Gerichtssaal oder Familienrath?

König.

Beides, Muhme; es ist der Schauplatz des Frevels. Die Ehrfurcht hat der Prinz verletzt und glaubt in seinem Uebermuthe sich an die Stelle setzen zu dürfen, welche die Liebe der Gräfin Moret mir eingeräumt hat. Er hat um die Gunst dieser Dame geworben und hat ihr seine Hand angetragen. — — — Ich bin's zufrieden, Herzogin, um Ihretwillen. Man heirate die Gräfin — aber man unterstehe sich nicht, auf meine Kosten den Unwiderstehlichen zu spielen, zum Abbruche meiner Würde sich mit Gunstbezeugungen zu brüsten, welche man den Damen meines Herzens abgelockt hat — das war es, Herzogin, was ich Ihnen sagen wollte.

Herzogin.

Ich habe Sie verstanden, Majestät, und werde antworten, wenn ich mit dem Prinzen fertig bin.

Joinville (vortretend).

Mutter!

Herzogin.

Ist es wahr, Joinville, Du hast um die Liebe dieser — „Dame" geworben?

Joinville.

Ja, Mama.

Herzogin.

Du liebst sie und hast ihr Deine Hand angetragen, Du, Prinz von Joinville?

Joinville.

Ja, Mama.

Herzogin.

Da hast Du meinen Segen. (Gibt dem Prinzen einen Backen=streich, daß er zu Boden stürzt.) Geh auf Deine Stube!

René (für sich).

Allen Respect, das war eine ausgezeichnete Maulschelle. (Der Prinz eilt zur Thüre hinaus.)

Herzogin.

Das Kind ist fort, und jetzt, Sire, meine Antwort: Tödten Sie meinen Sohn, wenn die Eitelkeit Ihrer grauen Haare diese Sühne fordert. Aber ich bestreite Ihnen das Recht, die Ehre des Hauses Guise durch eine erzwungene Heirat des Prinzen mit dieser — Dirne zu besudeln.

König.

Herzogin!

Herzogin.

Ich bestreite Ihnen mit aller Ehrfurcht das Recht, über solche Streiche unserer Knaben zu klagen. Nicht im Hause seiner Mutter, nicht von den Lehrern, die ich dem Jungen halte — von dem Beispiele seines Königs hat der Prinz die Wege und Schliche gelernt, welche ihn in dieses Zimmer führten. Es ist überaus leicht, über den Mangel an Achtung und Ehrerbietung zu klagen, wenn lauter als die Heldenthaten des Kriegers, lärmender als die Wohlthaten des Königs eine stete Chronik der Liederlichkeit, der Sittenlosigkeit und des Leichtsinns alle schlechten Instincte der Jugend weckt, den Spott der Uebermüthigen, die Trauer und die Entrüstung aller Ehrsamen und die Nachahmung aller Thoren herausfordert. (Sie holt Athem.)

König (unterdessen leise zu René).

Mich dünkt, die Herzogin ist etwas derb?

René.

Ja, Majestät, sehr derb.

Herzogin.

Ich gestatte nicht, daß in meiner Hofhaltung von dem gesprochen wird, was Eure Majestät die „Liebe" dieser oder jener Dame zu nennen belieben, und so fehlt mir die Kenntniß und die Gelegenheit, alle die „Launen" aufzuzählen, mit denen Sie den Respect, die Ehrfurcht Derer geminbert haben, welche die stolzen Thaten des Königs weniger schätzen, als die niederen Freuden und Schwächen, mit denen er prahlt, die er zur Schau stellt, die gewissermaßen ein Theil geworden sind von dem Glanze des königlichen Hofhaltes. Woher soll die Sitte, die Ehrfurcht kommen, wenn wir, die anständigen Frauen, die Lächerlichen geworden sind, denen man den Gruß entbietet, mit einer geheuchelten Demuth, um hinter unseren Rücken einander zuzulachen und Grimaßen zu ziehen, wie es die Knaben mit den Schulmeistern zu halten pflegen! (König Heinrich hat René vorgeschoben und zieht sich schrittweise gegen die Thür zurück.) Ich bin nicht so thöricht oder so strenge, um von Euch Männern jene Sittsamkeit zu fordern, welche den Stolz, die Würde und die Kraft des Weibes ausmacht. Ich will selbst dem Alter, wenn es ehelos ist, wie jetzt das Ihre, die Gunst der Freuden nicht verwehren, die Ihr genießt, und deren Ihr Euch — schämt. Aber dann schämt Euch dieser Unart, dann haltet sie geheim. Dann erweiset jener Sitte, die ihre Würde wahrt, die Achtung, Eure Schwäche zu verbergen und sie wegzubannen von dem reinen Tageslicht. Nur solche bescheidene Sittsamkeit verlange ich vom Manne und Ihr führt die eigene Scham-losigkeit auf den Markt, bereitet der Buhlerei Freiplätze an den Stufen des Thrones! Ihr habt die Geckerei und Unsitte so groß werden lassen, daß die Tugend vor dem Glanze des Lasters erbleicht und dann (der König hat die Thür erreicht und schleicht, nachdem er René begütigend zugewinkt hat, hinaus) soll die Thorheit eines Knaben als Verbrechen gelten, dann soll ein unerfahrenes Kind dafür büßen, weil es dem Beispiele folgte, das ihm die besten Männer seines Landes gegeben haben? Oh, ich bitte, Sire, darauf um Ihre Antwort. (Langes Schweigen. Toinette ist beschämt und weinend in einen Sessel gesunken. René steht respectvoll der Herzogin gegenüber.) — — — Wo ist der König?

René.

Fort. — Er hat Sie angehört, Frau Herzogin — und

hat vor der tapferen Mutter das Feld geräumt. Vielleicht nehmen Sie das für eine Antwort des Königs.

Herzogin
(wendet sich zum Gehen, ohne Toinette weiter zu beachten).

Ich habe ihm doch wohl nicht weh gethan?

René.

Nein, Herzogin. Wir Kriegsleute vertragen einen derben Puff von einem ehrlichen Gegner. (Herzogin ab.)

Zehnte Scene.

(René wendet sich an der Thür um und betrachtet mit inniger Theilnahme die noch immer weinende Toinette.)

René (nach einer langen Pause).

Toinette!

Toinette (schluchzend).

Lassen Sie mich. Man hat mich als Kind um Ehre und Leben betrogen.

René.

Und der Prinz?

Toinette.

Der arme Junge! Ich rief ihn, weil —

René.

Weil?

Toinette.

Weil — weil ich mich so sehr — vor Ihrer Nase gefürchtet habe.

René.

Und jetzt! Sieh mich doch wieder an! Sie haben Dich verlassen, der König und der Prinz. Sind Beide nicht für Dich und Du nicht für sie. Ich weiß, was Dir Noth thut und — wenn Dich die Nase nicht schreckt, so wollen wir ein so lustiges Paar werden, wie nur je eines die Sonne der Bretagne beschienen hat. — Im Walde steht mein Schloß fern von untreuen Königen und kleinen Prinzlein. Ringsum hausen tüchtige Edelleute, die alle auch ihre tüchtigen frohen Weiber haben. Dort gedeihen die Buben, aus denen tapfere Degen und durstige Trinker werden. — Willst Du? — Ja? — Hollah! Du sollst so ein ehrliches Weib werden, daß Dir die Herzogin von Guise noch einen Kuß geben wird, genau so wie diesen. (Toinette hat erst zaghaft, dann immer zutraulicher zu René aufgeschaut und ist, mit ihren Augen in den seinen suchend, langsam näher gekommen, bis sie zuletzt in seinen Armen liegt. René küßt sie und während sich beide zum Gehen wenden, fällt der Vorhang.)

II. Abtheilung.

———

Ein Liebeszeichen.

Lustspiel in einem Aufzuge.

Personen:

Ludwig XIII., König von Frankreich . . . . . Herr Robert.

Königin Anna. . . . . Frau Albrecht.

Vicomte v. Brigueil, erster Kammerherr d. Königin   Herr Meixner.

Villars, Capitän der königlichen Leibwache . . . Herr Schreiner.

Marquis von Cinqmars, Oberststallmeister des Königs.

Damen und Herren vom Hofe, Lakaien.

Ort der Handlung: Der Louvre. Zeit: 1625.

Saal im Louvre; Mittelthüre; eine Seitenthüre in der letzten Coulisse links; an der linken Seitenwand ein großer Camin, oberhalb desselben das Bild Heinrich's IV. von Frankreich. Auf dem Caminsims Armleuchter, Statuetten und eine Uhr. Vor dem Camin ein Teppich, etliche Stühle und Tabourets. An der rechten Seitenwand zwei Fenster, ein Spiegel und Armleuchter. Königin Anna sitzt vor dem Camin, ihr zur Seite, etwas nach rückwärts, sitzt Brigueil, einige Hofdamen und Cavaliere stehen rechts im Halbkreise. Im Nebensaale hinter der geöffneten Mittelthür spielen Musikanten eine lustige Weise. Brigueil sieht nachdenklich auf Anna's rechte Hand, welche, den Fächer haltend leicht auf ihrem Schoße ruht.

Erste Scene.

Anna (nach einer kleinen Weile).

Entlassen Sie die Musiker, Brigueil. (Brigueil antwortet nicht.) Er schläft? (Sie wendet sich um und hebt dabei die rechte Hand.) Mein guter Vicomte!

Brigueil (wie aus einem Traume auffahrend).

Ah! — Majestät befehlen?

Anna.

Ich wünsche allein zu sein! (Die Musik verstummt, die Hofdamen und Cavaliere ziehen sich zurück; auch Brigueil empfiehlt sich.) — Mit Ihnen, Brigueil. — Es ist schon spät am Abend?

Brigueil (sieht auf die Camin-Uhr).

In wenigen Minuten Sieben, Majestät.

Anna.

So früh, und ich glaubte, die Damen und Herren schon über Gebühr bei mir gehalten zu haben.

Brigueil.

Man verweilt gern in Ihrer Majestät Nähe.

Anna.

Weil Ihr alle gute und mitleidsvolle Menschen seid.

Brigueil.

Nicht doch; weil wir den königlichen Zauber reiner Weiblichkeit empfinden und, wie nicht anders möglich, lieben; weil unser Auge sich labt an der Anmuth unserer Königin, weil wir die Gnade empfinden, den Geist und die Güte

3

unserer Herrin bewundern zu dürfen, weil uns eine Hand befiehlt — Verzeihung, Majestät, aber ich habe noch keine schönere Hand gesehen.

Anna.

Sie werden mich erröthen machen, Brigueil.

Brigueil.

Oder lachen, wenn Sie meiner siebzig Jahre gedenken.

Anna.

Sie träumten früher wohl von meiner Hand, als ich Sie bat, die Musiker zu entlassen?

Brigueil.

Nein, ich träumte nicht.

Anna (lächelnd).

Aber Sie schliefen?

Brigueil.

Nein — nein — ich sah auf Ihre schöne Hand — und (seufzend) dachte — — was man so denkt.

Anna.

Vielleicht gar dasselbe, was ich eben dachte: daß die kurzen Tage des Winters eigentlich viel länger sind, als die langen Tage des Sommers. O, das schöne Schloß Blois! Dort hatten wir unsere Gärten, unsere Wiesen, unsere Kahn= fahrten auf der Loire, und so gab es vom frühen Morgen bis zum späten Abend Beschäftigung — für unseren Müßig= gang. Mit dem Tageslicht endet unser Tagewerk, doch hier beginnt der Tag beinahe erst, wenn wir die Lichter anzünden, und nicht jede Weise stimmt für die Empfindungen der Ver= einsamten. Darin liegt die Unvollkommenheit der Kunst im Vergleiche zur Vollkommenheit der Natur. Die Musik, das Gedicht, jedes Gemälde setzen eine empfängliche Stimmung voraus, welche dem Frohsinn oder der Traurigkeit ihrer Meinung entspricht, aber die Blume, der rauschende Wald, die Nachtigall und das Gewitter duften, umschatten, singen und donnern den Glücklichen, wie den Betrübten. Die Natur erinnert uns an Gott, die Kunst doch immer nur an die Menschen.

Briqueil.

Und Gott ist gerecht. — Er führt auch die Irrenden zur Erkenntniß der Wahrheit.

Anna.

Für wann ist die nächste Ceremonie in Luxembourg angesagt?

Briqueil.

Vorläufig ist mir nichts bekannt. Der König geht morgen auf die Jagd und Herr Richelieu wird den Empfang abhalten und auch im Louvre seine Aufwartung machen.

Anna.

Wann war es denn, als wir die Gesandtschaft Spaniens begrüßten?

Briqueil.

Das war am ersten October.

Anna.

So sind es heute drei Monate, daß ich den König zum letztenmale sah.

Briqueil.

Der König ist viel beschäftigt. Herr Richelieu muß jedes Schriftstück vorlegen.

Anna.

Gewiß, gewiß — — und heute ist ja wohl einer der Diensttage des Fräuleins v. La Fayette.

Briqueil.

Ich möchte heute noch den Grafen Alvarez erwürgen, der Ihnen, Majestät, die Geschichte hinterbracht hat — um meine Königin noch unglücklicher zu machen.

Anna.

Sie irren, Vicomte — es tröstet mich, den König zufrieden zu wissen. Er sah nicht glücklicher aus, wie ich — wenn ich ihm begegnete, und ich hatte die Empfindung, als ob es nicht meine Gegenwart wäre, die ihn betrübte. Seine Artigkeit war immer voll Achtung und es schien, als ob er ein Wort, ein gutes Wort für mich suchte. Er fand es nicht. Ist Fräulein v. La Fayette schön?

Brigueil.

Nun, mein Geschmack wäre sie nun eben nie gewesen. Man zeigte mir die Dame bei dem letzten Feste, das der Cardinal dem Parlamente gab. Sie ist sehr groß, aber sehr schlank — sehr schlank, ihre Figur erinnert an einen Lilien= stengel — ohne Lilie, denn ihr kleiner Kopf nimmt sich wie eine Zuspitzung des Stengels aus. Dafür aber ist die Dame sehr lebhaft und liebt es, den Sentenzen, die sie verschwenderisch ausstreut, durch das Ausbreiten ihrer dünnen Arme Nachdruck zu geben. In solchen Augenblicken gemahnte sie mich an eine Windmühle.

Anna (lächelnd).

Sie übertreiben, Brigueil — um mich zu trösten.

Brigueil.

Gewiß nicht, Majestät. — Oh, ich wollte, die La Fayette wäre schön und König Ludwig lernte bei ihr die Schönheit der Frauen schätzen, dann . . .

Anna (ernst und lebhaft).

Dann? — (Weinend.) Oh, daß ich solche Dinge von meinem treuesten Freunde hören . . .

Brigueil.

Verzeihung, Majestät.

Anna.

Und ihm für seine Meinung noch danken muß. (Trommel= wirbel wird hörbar.) Was ist das? (Brigueil ist zur Thüre geeilt und ein Officier hat ihm Meldung erstattet.)

Brigueil.

Se. Majestät der König ist im Palaste.

Anna.

O mein Gott — was will der König?

Brigueil.

Ich weiß es nicht.

Anna.

Er kommt von dieser . . . La Fayette.

Briguil.

Zu seiner schönen Gattin. — Empfangen Sie ihn als seine Königin, in dem Schmucke ihrer Würde, und denken Sie an die Gerechtigkeit Gottes.

Anna (abgehend).

Es ist das Ende, Briguil. (Ab.)

Zweite Scene.

Briguil allein.

Briguil.

Das Ende Deiner Leiden? (Er geht zur Thür und winkt einigen Dienern.) Heda, macht Licht! Die Armleuchter angezündet! (Die Diener gehorchen eilfertig.)

Dritte Scene.

Vorige, der König, Villars, Cinqmars.

König.

Guten Abend, Briguil. Wir kommen ungebeten. Ein arger Wintersturm, das! Und hier (er setzt sich) ein behaglicher Camin. Man soll nachlegen; ich bin arg durchfroren. (Es geschieht.)

(König Ludwig sitzt vor dem Camin, hinter ihm stehen Villars und Cinqmars. Neben ihm in devoter Verbeugung steht Briguil, der während der folgenden Reden mit Unruhe die Arbeit der Diener verfolgt.)

Briguil.

Haben Eure Majestät sonst noch irgend welche Befehle?

König.

Nein, lieber Vicomte. Ich wünsche nichts, als der Königin meine Aufwartung zu machen und mich wegen dieser Störung zu entschuldigen.

Briguil.

„Aufwartung!“ (Zu den Dienern.) So sputet Euch doch, Ihr Schurken! Ihr Taugenichtse! (Zum König.) „Aufwartung!“ Eure Majestät — das wäre also eine Art kleiner Cercle — ich kann unmöglich mehr eine große Gesellschaft zusammen= bringen — nur das beiderseitige Gefolge vom Dienste. — Verzeihung, aber in der That auf eine solche Ueberraschung.

— Oh, es soll damit nichts Unehrerbietiges gesagt sein — auf eine solche noch nicht dagewesene Heimsuchung durch Eure Majestät waren weder meine Instruction, noch ich selbst vorbereitet.

König (mit einiger Betonung).

Und Sie halten sich, Vicomte Brigueil, an Ihre Instruction?

Brigueil (naiv).

Gewiß, Majestät.

König (schärfer).

An ihren Wortlaut und an Ihre — Meinung?

Brigueil (nach einer Pause, mit Bewegung).

Ich darf Eurer Majestät gerade und frei ins Gesicht sehen, wie meine erhabene Gebieterin es kann. Meine Instruction ist rein, wie die Ehre des Königs und der Königin.

König (erhebt sich).

Dank! — Dank! lieber Brigueil. — Wo ist die Königin?

Brigueil.

Sie saß an diesem Camin, als Eure Majestät gemeldet wurden. Ich glaubte der hohen Frau rathen zu sollen, das einfache Hauskleid mit einer Empfangstoilette zu vertauschen. Die Königin theilte meine unmaßgebliche Ansicht und —

König (ihn unterbrechend).

Wir sind hier in einem Aufzuge, der alle Spuren des Wintersturmes in dem zerzausten Halskragen, den nassen Federn und Schuhen aufweist. — Ihr Kammerdiener wird uns wohl behilflich sein. — Bleiben Sie! Ein Lakai mag uns führen — in Ihre Zimmer, Vicomte?

Brigueil.

Oh, diese Ehre, Majestät! — Aber die anderen Säle sind alle kalt und finster.

König (mustert im Abgehen Cinqmars und Villars).

Eisen und Leder halten Stand; — aber Sie, Cinqmars, sind noch im Mantel!

Cinqmars (verlegen).

Mit Eurer Majestät Erlaubniß …

Villars (lacht).

Die Rutschpartie, Herr Oberststallmeister! — Ritze Ratze! Hahaha. Ja, das kommt davon, wenn ein Stallmeister seidene Beinkleider trägt.

König.

Kommen Sie, Cinqmars.

(Zwei Diener leuchten dem König voran. Brigueil geleitet ihn zur Thüre. König und Cinqmars ab.)

Vierte Scene.

Villars, Brigueil. (Im Augenblicke, nachdem der König den Saal verlassen hat, sinkt Brigueil auf einen Sessel neben der Mittelthür.)

Brigueil.

Capitän, nicht wahr, ich irre nicht? — Das gibt ein Unglück?

Villars.

Ich wüßte nicht, weshalb?

Brigueil.

Sie kennen meine Gebieterin nicht, sonst blieben Sie nicht so gleichgiltig in einem Augenblicke vor ihrer — — Verstoßung vom Throne Frankreichs.

Villars.

Herr von Brigueil, Sie sind verrückt!

Brigueil.

Noch nicht, aber mein altes Herz hat zu viel Herzeleid erlebt und ertragen, als daß es ruhig bleiben könnte bei diesem — Aeußersten.

Villars.

In aller Heiligen Namen! Bei welchem Aeußersten? — Ist das denn eine so hochnothpeinliche Staatsaction, wenn der König seine Königin besucht?

Brigueil

(erhebt sich und faßt Villars bei der Hand, setzt sich aber gleich wieder in einen der Stühle vor dem Camin, ohne Villars loszulassen).

Lieber Capitän! Wenn Sie mir vor einer halben Stunde gesagt hätten, die Notredame-Kirche hätte Füße bekommen und wäre in allem Behagen über den Pontneuf vor den Louvre spaziert, so hätte ich das Fenster geöffnet und hätte nachgesehen. Wäre dann wirklich die Notredame-Kirche vor dem Louvre gestanden, so hätte ich ein Vaterunser gebetet und hätte gesagt: Gott hat ein Wunder gethan und — es sind ja nur Steine, die er bewegt hat. Wenn aber König Ludwig seine Königin besucht, so hat der liebe Gott ein Herz bewegt, das unveränderlicher ist, als der Standplatz der Notredame-Kirche, das steinerner ist, als die Steine dieses Gotteshauses.

Villars.

Ja, das ist wahr — der König ist stark in seinen Entschlüssen.

Brigueil.

Und er verabscheut seine Königin.

Villars.

Verabscheut? — Und das Haus des Königs erlischt durch diesen Abscheu!

Brigueil.

So ist's. — Es sind schon mehr als zehn Jahre, daß ich mit König Ludwig und Hunderten von Edeln nach Bordeaux geritten bin, wo er seine Hochzeit mit der Infantin Anna von Spanien feierte. Ich hatte damals das Ehrenamt des ersten Kammerherrn der Königin übernommen. Kraft dieses Amtes führte ich meine Herrin dem Könige zu, als nach dem Festmahle getanzt wurde — und sah den Blick des Hasses und der achtungsvollen Abscheu, mit welchem Blicke er dem holden, zaghaften, ängstlich zutraulichen Kinde begegnete. Und doch hatte er ja selbst die Gavotte componirt, welche man tanzte; es war die Königs-Gavotte. Sie erinnern sich? (Singt.) Lalala.

Villars.

Freilich. (Singt gleichfalls.) Lalala. (Beide singen die leichtfaßliche
Melodie der Gavotte.)

Brigueil.

Während des Tanzes warben ihre braunen guten Augen
um ein Lächeln, um eine Zärtlichkeit. — Vergebens! Als ich
meine Königin auf ihren Platz zurückführte, rollten zwei große
Thränen — wie Perlen über ihre Wangen — und seitdem
hat meine Gebieterin mit ihrem Könige zusammen die Kirche
besucht, hat Gesandte empfangen, hat neben ihm auf dem
Throne gesessen — aber sie kennt den Klang seiner Stimme
nur von solchen Reden, die er an — Andere richtete. Und
heute besucht König Ludwig seine Königin! —

Villars.

Hm! Das ist seltsam — in der That. Kennen Sie die
Ursache seines Hasses?

Brigueil.

O ich wollte, ich hätte einen jüngeren Kopf zu verlieren,
daß ich ihn zum Pfand gebe für die Unschuld der Königin!

Villars.

Aber sicherlich, Vicomte; unser Besuch ist ein Werk des
Zufalles und des bösen Wetters.

Brigueil.

Das glauben Sie, mein guter Capitän, oder sagen es
mir nach Ihrer Pflicht.

Villars.

Nein, nein — ich weiß es.

Brigueil.

Und wäre der König heute nicht wie jeden Dienstag
bei Fräulein La Fayette gewesen?

Villars.

Allerdings! — Jeden Dienstag und jeden Freitag
nimmt der König seine Abendlection bei dieser Dame.

Brigueil.

Nun also — da haben wir das Unglück.

Villars.

Schonen Sie Ihre Phantasie, Vicomte. Für die Unschuld
dieser Plauderstunden hafte ich, der mit Cinqmars das Zimmer
nicht verlassen darf, so lange der König bei der Dame ver=
weilt und — plaudert.

Briqueil.

Plaudert?

Villars.

Plaudert. — Sie sehen Gespenster, Vicomte, und
vielleicht schafft hier ein Zufall Gutes. — Wir verließen das
Fräulein vor einer halben Stunde und schritten heimwärts
durch den abscheulichsten Winterabend. Das Vespergeläute von
der Eustachius=Kirche her verhallte in dem Heulen und Pfeifen
des Schneesturms, der die zu Nadelspitzen zerstäubten Flocken
gleich wallenden weißen Schleiern durch die Straßen fegte,
jeden Ausblick hemmend. Das holperige Pflaster war mit einer
glitzernden Eisschicht überzogen und nur langsamen Schrittes
an den Mauern der Häuser uns festhaltend, konnten wir
vorwärts kommen. An der Straßenecke gegenüber dem Louvre
machte ich Halt und sagte dem Könige ganz ernsthaft, ich
könne nicht dafür gutstehen, ob Einer von uns mit ganzen
Armen und Beinen über den Platz und die Brücke bis zum
Luxembourg komme. „Sturm und Glatteis", sagte ich, „machen
es mir unmöglich, selbst festen Fußes zu gehen, und wenn
ich Eure Majestät auch tragen wollte, so wird es doch der
Sturm entscheiden, ob der König auf mich fällt oder ob ich
auf den König falle, wenn der Sturm uns umwirft." —
„Ich werde auf meinen eigenen Füßen gehen!" antwortet mir
lachend der König. — Doch noch war er mit seiner Antwort
nicht zu Ende, als ein mächtiger Windstoß von rückwärts her
uns in die Mäntel fuhr und uns gleich dürren Baumblättern
über die Straße weg gegen das Thor des Louvre fegte. Ich
riß meinen Mantel, der wie ein Segeltuch die Uebermacht
des Sturmes verstärkte, mir vom Leibe, und während ich mit
der Rechten mich an den vorspringenden Thorpfeiler anklammerte,
hatte ich gerade noch Zeit, meinen über das Glatteis ge=
wirbelten Herrn mit der Linken am Arm zu fassen und ihn
aufrecht in den schützenden Thorbogen zu ziehen. Der Marquis

von Cinqmars aber hatte sofort, um seine Hirnschale besorgt, den ungleichen Kampf mit der Windsbraut aufgegeben und sich freiwillig auf den Boden gesetzt. Als der König sich vom ersten Schrecken erholt hatte, sahen wir den Marquis vor das Thor rutschen, wie sonst Kinder über abgemähte Wiesenhänge kollern.

Brigueil.

Deshalb also der Mantel?

Villars.

„Der Sturm würdigt meine Gefühle", lachte Cinqmars, „er legt mich Eurer Majestät zu Füßen." — „Und mich," erwiderte der König ärgerlich, „hindert derselbe Sturm, nach Hause zu kommen." — „Eure Majestät sind zu Hause!" erlaubte ich mir respectvoll zu bemerken. — „Das ist der Louvre, die Residenz unserer Königin!" meinte König Ludwig, schon sichtlich verstimmt. — Ich aber gab ihm ganz trocken zur Antwort: „Vielleicht ziehen Eure Majestät doch vor, die Königin zu besuchen, statt in der Manier des Herrn Oberst= stallmeisters über den Pontneuf zu rutschen." — „Klopfen Sie an, Capitän." — Ich klopfte an. Und so sind wir da von wegen des Sturmes und von wegen der zerrissenen Bein= kleider des Herrn von Cinqmars. Ist das eine Staatsaction?

Brigueil.

Nein, aber — es ist ein Ereigniß. — Wenn heute die Majestäten sich verständigen könnten! — Sagen Sie, Capitän, welcher Laune ist heute der König?

Villars.

Er ist immer gleich gütig, gelassen und mißtrauisch.

Brigueil.

Mißtrauisch? — Gegen wen?

Villars.

Zumeist gegen sich selbst.

Brigueil.

Und doch! — Wer ein Liebeszeichen wüßte, das diese königlichen Herzen versöhnt! (Er blickt auf den Camin.) Trefflichster Capitän, sehen Sie doch, ob der Sturm noch immer so wüthet, wie vorhin. — Ich bitte Sie.

(Während Villars zum Fenster hinaussieht, macht sich Briqueil an der Uhr
zu schaffen. Im selben Augenblicke öffnen sich beide Thüren. Durch die
Seitenthüre kommen einige Damen und zuletzt Königin Anna, welche die
Hantirung des Vicomte Briqueil bemerkt. Durch die Mittelthüre kommen
Cinqmars und etliche Officiere, zuletzt König Ludwig.)

Fünfte Scene.

Vorige, Anna, der König, Cinqmars und Gefolge. (Der König geht Anna
entgegen und bleibt vor ihr betroffen stehen.)

König.

Ich bitte Sie um Verzeihung, Majestät, wegen der
Störung, welche ich Ihnen verursache.

Anna.

Ich segne das Unwetter, den Sturm und das Eis;
sie geben mir Gelegenheit, Eurer Majestät zu dienen. (Sie reicht
dem Könige ihre Hand; er küßt sie und betrachtet sie eine Weile, läßt sie dann
frei und steht nachdenklich der Königin gegenüber.)

Briqueil.

Befehlen Eure Majestät, daß ich ein Schachbrett auf=
stellen lasse? Auch einige Musiker sind bereit, falls Eure
Majestät Musik dem Spiele vorziehen. — Oder darf ich
vielleicht Eis und Erfrischungen serviren lassen?

König (wie aus einem Traume erwachend).

Ja, thun Sie das Alles, Vicomte — aber im Vorsaale,
wenn es die Königin gestattet.

Anna.

Sehr gerne.

Villars (im Abgehen leise zu Briqueil).

Eis und Erfrischungen! — Sind Sie des Teufels,
Vicomte? (Das beiderseitige Gefolge entfernt sich.)

Sechste Scene.

König, Anna.

König.

Ich bin noch nicht zu Ende mit meinen Entschuldigungen.
— Der Sturm hat uns in der That das Gehen unmöglich
gemacht.

Anna.

Und warum fahren Eure Majestät nicht? (Der König schweigt. Anna fährt fort, bestimmt aber sanft.) Es ist doch gleichgiltig, ob alle Welt weiß, daß Eure Majestät zweimal in jeder Woche zu Fräulein La Fayette gehen, oder ob man weiß, daß Sie eben dahin fahren.

König.

Weiß das alle Welt? — O mich betrübt es sehr, daß Sie davon wissen, obwol ich mir in dieser Sache keinen Vorwurf zu machen habe.

Anna.

Dann sind Sie vor jedem Vorwurfe sicher; es wäre denn der, daß der König seine Gesundheit dem üblen Wetter preisgibt und geht, statt zu fahren.

König.

Zu Fräulein La Fayette fährt der König nicht.

Anna.

Dann erweisen Sie Ihren Kutschern mehr Rücksicht, als sich und mir. Majestät sind auch hieher nicht gefahren.

König.

Ein Vergehen, um dessentwillen ich Sie nochmals um Verzeihung bitte.

Anna.

Könige haben keine Vergehen, aber Königinnen haben manchmal Unglück.

König.

Das ist ein Uebermaß an Nachsicht, Madame, welches die Achtung oder wenigstens die Beachtung für den Gemal einschränkt.

Anna.

Das hieße von meinem Verdrusse fordern, was Sie meinem Gehorsam weigern — das Anrecht zur Eifersucht. Lassen Sie mir das einzige Recht ungeschmälert, welches Sie der Gattin eingeräumt haben, das Recht — Ihnen zu verzeihen.

König.

Sie sind unzufrieden mit meiner Aufführung und ich bin sehr oft unzufrieden mit mir selbst. Ich gebe meiner Königin das Recht, mir zu sagen, worin ich gefehlt habe.

Anna.

Ein stolzes Recht, das selbst Königinnen nur selten haben, und um es zu üben — sollte man doch vorerst Königin sein.

König.

Und Sie, Madame?

Anna.

Ich bin die Tochter eines Königs — und heiße Königin.

König (nach einer Pause).

Madame wissen Ihre Worte besser zu setzen, als Fräulein La Fayette. — Sie verzeihen dieses bedenkliche Compliment, aber ich habe nie gehofft, daß Sie mir Etwas zu sagen haben.

Anna.

Man verzichtet leicht auf Hoffnungen, welche nur die Höflichkeit also nennt.

König.

Ich wüßte keine schöneren, wenn ich den Muth hätte, sie zu hegen. Vielleicht bin ich schon zu sehr meiner königlichen Würde gewohnt, um über Enttäuschungen zu erröthen; aber ich habe es noch nicht weit genug in der Geringschätzung meiner Person gebracht, um dem Könige ein Glück verdanken zu wollen, das dem Manne versagt war. — An der Bidassoa-Brücke war es, wo die Tochter König Philipp's, die Gattin König Ludwig's, französischen Boden betrat und von meinem Hofstaate begrüßt wurde. Der König durfte erst in Bordeaux seiner Gemalin entgegentreten; mich aber hatten Liebe und das Verlangen, das holde Antlitz meiner Braut, statt im Bilde, nunmehr auch in Wirklichkeit zu sehen, an die Grenze meines Landes getrieben und mitten unter meinen Edelleuten grüßte ich meine Königin. Sie erblickten mich, und das sonnige Lachen, das Sie verschönert hatte beim Anblick meiner schmucken

Cavaliere, verschwand. Ich sah Sie den Herzog von Guise fragen, der mein Incognito verrieth — und sah Sie — erbleichen.

Anna.

Daß doch die Thorheit eines Kindes Ihnen so viel Schmerz bereiten mußte!

König.

Oh! — Sie hatten Recht, Madame. Das war nicht der Sohn König Heinrich's, den man Ihnen versprochen hatte. Das Kind war der Mutter nachgerathen und der Medici, hohläugig, hager und fahl, wie ich war und bin, ein trauriger Teufel an Erscheinung, war kein Liebhaber nach dem Geschmacke der Infantin.

Anna.

Ich aber war nicht nach Frankreich gekommen, einen Liebhaber zu suchen. Ich hatte vor dem Altar Pflichten über=nommen für das Land und seinen König.

König.

Und ich Thor träume damals noch von Liebe, solche Pflichten verachtend.

Anna.

Um dann auch die Liebe verächtlich zu finden?

König.

Wann hätte ich das gethan?

Anna.

Majestät sagten ja: Zu Fräulein La Fayette fährt der König nicht.

König.

Weil ich die Plaudereien dieser Dame bezahle. Ich habe ihren Geist und ihre Laune gemiethet und sie verschwendet an mein Geld die Schätze, welche einen Geliebten beglücken würden. Das ist verächtlich, es könnte mich beleidigen, aber es bringt mir einiges Vergnügen zwischen meinen Kriegen, Jagden und Arbeiten.

Anna.

Und bezahlen Sie, Sire, dieser Dame auch die Schmach meiner Einsamkeit? Ich begreife die Bequemlichkeit, welche

bezahlte Huldigungen einer Werthschätzung vorzieht, die von
Ebenbürtigen erworben sein will — aber ich bewundere die
grausame Ruhe, mit welcher Eure Majestät diese Dinge erzählen.

König.

Sollte mein Anblick, der Ihnen unerträglich ist, keinen
anderem Weibe gegönnt sein?

Anna.

Woher wissen Sie, daß ich die Anmaßung habe, Ihren
Anblick unerträglich zu finden?

König.

Von der Bidassoa-Brücke und von meinem Spiegel.

Anna.

Ein höflicher Vorwand für das Rachebedürfniß ge-
kränkter Eigenliebe. Weil das Kind vor der Erscheinung des
Bräutigams erschrak, verzichtet der Mann darauf, vor seiner
Gattin jene Eigenschaften des Herzens und des Geistes geltend
zu machen, welche der Spiegel ihm nicht zeigt, welche aber
ein Land beglücken, die es erblühen machen, unter einer gerechten
Verwaltung, um derentwillen er der Mutter die Herrschaft
entriß und die zu begreifen, zu schätzen er seine Königin für
unwerth hält. Wenn das nicht Verachtung ist, Sire, dann ist
Ihre Bescheidenheit nur Maske für ein Selbstbewußtsein der
eigenen Liebenswürdigkeit, das vor mir zu offenbaren Sie sich
schämen.

König.

Vor Ihnen und überall. — Sie kennen das Unglück
nicht des Mannes, dem die Grazien ihre Gunst versagten.
Ihm, (auf das Bild Heinrich's IV. weisend) meinem Vater, jubelten
alle Herzen entgegen; ich finde Knechte, Feinde — aber keinen
Freund. Da, (weist auf den Spiegel) dieser Spiegel sagt mir
die einzige Wahrheit, und die ist traurig. — Während der
Belagerung von Caen sah ich einen Soldaten von etlichen
feindlichen Reitern bedrängt. Ich allein schlug den Burschen
heraus. Als ich des Nachts durch das Lager schlich, hörte
ich die Leute von dem Vorfall sprechen, und sie erzählten —
der heilige Georg habe für mich gefochten. Warum für König
Heinrich nicht, warum für mich? Mein Spiegel hat es

mir erklärt. Und Fräulein La Fayette! Die Dame sah immer so schwärmerisch zu mir empor, daß ich nicht wußte, ob ich über ihre Komödie oder über meine Einfalt lachen sollte, und dann erzählte ich ihr von ritterlichen Thaten, galanten Abenteuern, die ich — gelesen hatte, von den glücklichen Zeiten, als noch Hexen die Schönen häßlich und Feen die Häßlichen schön machten, und da geschah es, daß sie eines Abends sich vor mir niederwarf und — die bezahlte Komödiantin! und beschwor, die Fee habe ihr Wunder an mir gethan.

Anna (bewegt).

Vielleicht, mein König! Sehen Sie in den Spiegel.

König (nach einer Pause).

Nein! — Es thäte mir jetzt zu wehe, seine Wahrheit zu schauen. Eine La Fayette hätte mir vielleicht die Komödie ihrer Liebe vorgespielt, wenn ich und mein Spiegel nicht darüber gelacht hätten.

Anna.

Dann, Sire, sind Sie noch unglücklicher, als ich. — Ich habe mich wenigstens für liebenswerth gehalten. (Sie reicht dem Könige die Hand.)

König
(hält ihre Hand in der seinen und erwidert ihr mit schwer bekämpfter Erregung).

— — — Einen Mann lieben müssen, weil man ihn geheiratet hat, das macht die Ehe zum Raub. Einem Weibe entsagen, bringt Schmerz: ein Weib zwingen, ist verächtlich. — Ich kann meinen Schmerz — nicht meine Verachtung ertragen. (Anna entzieht ihm ihre Hand und wendet sich ab. Der König wartet auf ihre Antwort.) Sie haben keine Antwort für mich?

Anna (in schmerzlicher Bewegung).

Oh, ich wollte, daß ich sie wagen dürfte.

König.

Wagen Sie immerhin, Madame, mein königliches Wort, daß ich jede Antwort verzeihe.

Anna
(sieht den König an, schlägt dann aber die Augen nieder. Scham und Leidenschaft kämpfen in ihr, endlich flieht sie von ihm weg, stampft mit den Füßen und schluchzt).

Ich habe keine Antwort für Sie.

4

König.

Anna!

(In diesem Augenblicke beginnt die Spieluhr die Gavotte Ludwig's XIII. zu spielen. Beide horchen auf.)

Anna (für sich wehmüthig).

Das war also die Meinung des guten Brigueil! — — Nein — Nein. (Sie eilt auf den Camin zu.)

König (tritt ihr entgegen und hält sie am Arme fest).

Nicht doch — Madame! — Oh, diese Klänge! Sie entstanden meinem Liebeswerben um Sie. Unsere Hochzeitsfeier sollten diese Töne verschönen, und als die Musik durch den Saal rauschte, traf sie mich, der sie ersonnen hatte — als einen Unglücklichen. Und jetzt, da ich, verzweifelnd an der Möglichkeit Ihrer Zuneigung, gehen will, grüßt mich — diese Melodie?

Anna.

Oh, mein König! (Sie schweigt verwirrt.)

König.

Was soll das, Madame? — Bei Ihrer Seligkeit beschwöre ich Sie. — Keine Ausflucht! Oh, sagen Sie mir, was dieses klingende Spiel bedeutet?

Anna (schlägt erröthend die Augen nieder).

Diese Töne sagen mir „Gute Nacht". — Sie bringen meinen Träumen, was der Tag mir verweigert.

König.

Meine Liebe?

Anna.

Aber. — Oh, ich sehe es jetzt erst, Majestät, Brigueil hat die Uhr heute um eine Stunde vorgestellt.

König.

Daß ich's ihm danken könnte, wie er es verdient! Anna! Meine Königin! Mein Weib! Du verabscheust mich nicht! (Er faßt ihre beiden Hände.)

Anna.

Mein Gatte! (Sie verbirgt ihr Gesicht an seiner Brust.)

König.

(Die Beiden stehen so, daß der **König** dem Bilde Heinrich's IV. gegenüber sich befindet, er blickt auf. hält mit der Rechten die **Königin.**

Du liebst mich? Liebst mich? (Anna nickt mit dem Kopfe.) — Ich grüße Dich in Ehrfurcht, großer Vater! — Dich, König Heinrich, liebten Frankreichs Damen; mich, Deinen Sohn, liebt meine Königin! (Er geht zur Mittelthüre, setzt den Hut auf und öffnet die Thüre.) Vicomte Brigueil!

Siebente Scene.

Vorige, Brigueil.

Brigueil (tritt erschrocken ein).

Majestät?

König.

Gehört es auch in Ihre Instruction, die Uhr um eine Stunde vorzurücken!

Brigueil (sehr ängstlich und stotternd).

Nein! — Sollte vielleicht irgend eine Unordnung..? — Oh, Verzeihung, Majestät, es war so gut gemeint.

König

(hat Anna wieder bei der Hand gefaßt und reicht seine rechte Hand Brigueil).

Und wohl gethan, mein wackerer, guter Freund. (Lächelnd zu Anna.) Nicht wahr, wir bleiben ihm in aller Huld gewogen?

Brigueil (küßt die Hand des Königs).

Der Wagen ist bereit —?

König.

Für meine Cavaliere. (Während er sich mit Anna zur Seitenthüre wendet, faltet Brigueil die Hände zum Gebet. Die Uhr, welche fortwährend gespielt hat, repetirt den Anfang der Gavotte.)

(Der Vorhang fällt.)

4*

III. Abtheilung.

Witwe Scarron.

Lustspiel in einem Aufzuge.

Personen.

Ludwig XIV., König von Frankreich . . . . . Herr Sonnenthal.
Louvois, Kriegsminister . . . . Herr Tyrolt.
Frau Scarron, Erzieherin im Hause der Marquise
von Montespan . . . . Frau Gabillon.

Ort der Handlung: Schloß Versailles. Zeit: 1685.

Erste Scene.

Salon im Geschmacke der zweiten Hälfte des 17. Jahrhunderts. In der Mitte des Hintergrundes sowie rechts und links Thüren. Vorne links ein Tisch und zwei Lehnstühle, auf dem Tische Bücher. Rechts ein Spiegel. An der geöffneten Mittelthüre steht Frau Scarron mit ausgebreiteten Armen, vor ihr Louvois, den sie am Eintreten zu hindern versucht.

Scarron.

Nicht weiter, Marquis Louvois! Nur noch wenige Schritte und Sie treffen den König.

Louvois (schiebt sie bei Seite und tritt ein).

Bei Ihrer schönen Gebieterin, der Marquise Montespan. Ich weiß. Hier folgt ein Corridor und das Boudoir!

Scarron.

Sie wagen es?

Louvois.

Sie in der Erziehung der königlichen Kinder zu stören? — Nein. Keine Furcht! Ich trete hier eben ohne Ihre Erlaubniß ein. Die Disciplin des Anstandes übt sich wie jede andere Disciplin nur gegen Untergebene. Wenn Se. Majestät mich hier ertappen, so trage ich die Verantwortung für diesen Fehltritt und nicht Sie.

Scarron.

Ich begreife, Marquis. Thun Sie, was Ihnen beliebt. Ihre Dienerin. (Will gehen.)

Louvois.

Ich bitte, bleiben Sie, Frau Scarron. Ich befehle Ihnen zu bleiben.

Scarron (sich umwendend).

Ich habe nicht die Ehre, Sergeant in des Königs Armee zu sein und daher auch nicht die Pflicht, Ihnen zu gehorchen. General.

Louvois.

Sie erschöpfen meine Geduld. Ich muß Sie sprechen — in Sachen der Regierung.

Scarron.

In Sachen der Regierung! Ich bin Erzieherin in diesem Hause und habe mit Regierungssachen nichts zu thun.

Louvois.

Ah, Sie interessiren sich nicht für die Regierung, — aber die Regierung interessirt sich für Sie.

Scarron.

Erstaunlich!

Louvois.

Allerdings erstaunlich, daß der Minister sich bei einer Erzieherin Belehrung holen muß.

Scarron.

Ich bedaure, daß Sie auf diesen glücklichen Gedanken nicht schon in Ihrer Jugend verfallen sind.

Louvois.

Und ich bedaure meinerseits, diese Idee nicht während Ihrer Jugend gefaßt zu haben, ich hätte mich dann wenigstens besser dabei unterhalten.

Scarron (heftig).

Jedenfalls kürzer. Denn in meiner Jugend lebte ich in meinem Hause.

Louvois.

Verzeihen Sie, diese Quart ist mir entschlüpft, ich wollte den Hieb blos markiren, aber ich habe den ganzen Tag so viel Bosheiten zu empfangen und auszutheilen, daß ich mich manchmal vergreife und Speere schleudere, wo ich Blumen streuen wollte.

Scarron.

Ich verzeihe Ihnen, denn Sie wissen nicht, was Sie thun. Was will also Ihre Polizei von mir?

Louvois.

Bemühen Sie sich doch nicht, mich zu ärgern, Sie nennen Polizei, was mir Politik bedeutet. — Ich habe mir den Aerger abgewöhnt. Wer das Blut der Schlachten gesehen hat —

Scarron.

Sie sind weitsichtig, Marquis.

Louvois.

Nein, ich bin kurzsichtig, sehr kurzsichtig, und wenn Sie wollen, auch nachsichtig, aber nicht lange. — Was berechtigt Sie, mich feige zu schelten?

Scarron.

Wer so muthig einer Frau gegenüber sein kann —

Louvois.

Ich habe Sie nie für wehrlos gehalten.

Scarron.

Bravo, Bravissimo, Excellenz werden höflich.

Louvois.

Ah, Sie sind es zufrieden. Also nehmen Sie Platz und lassen Sie uns ruhig plaudern. (Er setzt sich.)

Scarron.

Aber der König kann jeden Augenblick hier eintreten.

Louvois.

Ich dächte, wir wären mit dem Austausche der Höf=lichkeiten zu Ende. Es ist zehn Minuten vor vier Uhr. Seine Majestät verläßt die Marquise von Montespan mit dem Glockenschlage halb fünf. Der König ist pünktlich in seinem Kommen und Gehen, in seinen Arbeiten und seinen Gefühlen. Wir haben also noch volle vierzig Minuten Zeit.

Scarron (betreten).

Sie irren, Marquis. Wir haben kaum zehn Minuten.

Louvois.

Donner und Schwert, so wahr ich Franz Le Tellier Marquis von Louvois bin, so wahr die Pünktlichkeit des vier=zehnten Ludwig von Frankreich unverrückbar ist und so wahr ich Ihnen diese Quälerei mit Zins und Zinseszins heimzahlen werde, so wahr wird der König diese Thür nicht vor halb fünf Uhr passiren. (Er weist auf die Seitenthüre rechts.)

Scarron (auf die Mittelthüre weisend).

Sie meinen diese Thüre, Herr Franz Le Tellier Marquis von Louvois.

Touvois.

Und wie lange braucht Se. Majestät, um von da dorthin zu kommen?

Scarron.

Dreißig Minuten.

Touvois (erschreckt aufstehend).

Ah — das also ist die Lücke. Die Zeit ist kurz. Wer aber in der Lücke steckt, muß ich erfahren.

Scarron (immer ungeduldiger).

Sie gedenken den König hier zu erwarten, Marquis?

Touvois.

Nein. Ich bin nicht hieher bestellt und gedenke noch längere Zeit Sr. Majestät getreuester Minister zu bleiben. Und nun zur Sache, Frau Scarron. Sie werden die Güte haben, mir jetzt einige Fragen kurz, klar und wahr zu beantworten und werden mir dabei die aufmunternde Bemerkung gestatten, daß in der Bastille noch einige Gemächer frei sind, in denen der Aufenthalt weitaus langweiliger ist, als eine Unterhaltung mit mir.

Scarron.

Ah! — Ich stehe zu Ihren Diensten.

Touvois.

Welche Person hat die Ehre, dem Könige während dieser dreißig Minuten, die er in diesem Zimmer verbringt, Gesellschaft zu leisten?

Scarron.

Niemand. Der König ist hier allein.

Touvois.

Und wer ist diese Dame, mit welcher der König hier allein ist?

Scarron.

Ich weiß von keiner Dame.

Touvois.

Sie sagen das mit einem Erröthen, als ob Sie die Dame selbst wären.

Scarron.

Marquis!

Touvois.

Ha! Ha! Keine plumpen Fallen. Ich bewundere Ihre Schönheit, aber Sie werden doch mit der Montespan nicht rivalisiren wollen.

Scarron.

Sehr richtig, Herr Marquis!

Touvois.

Wer also ist die Dame, mit welcher der König hier allein ist.

Scarron.

Woher wissen Sie, daß es eine Dame ist, und mit welchem Rechte mengen Sie sich in die intimen Verhältnisse des Königs?

Touvois.

Mit welchem Rechte mengt sich diese schöne Unbekannte in die Regierungsgeschäfte und spielt die Egeria? Wir brauchen keine Egeria. Der König ist weise für eigene Rechnung.

Scarron.

Und seine Minister desgleichen. Sie widerlegen die lächer= lichen Einflüsterungen weibischer Launen und ernten den Dank des Vaterlandes.

Touvois.

Sie widerlegen nichts und sie ernten gar nichts. Sie werden ausgelacht und wissen nicht einmal von wem. —

Scarron.

Und ich soll Ihnen diese Egeria an das Messer liefern.

Touvois.

Eine Egeria mordet man nicht; mit ihr muß man sich verständigen, denn das hat Beweise und Gründe bei der Hand, von denen ich und Sie keine Ahnung haben. Wer ist die Dame?

Scarron.

Sie befinden sich hier in den Gemächern der Marquise von Montespan.

8

Louvois.

Die Marquise von Montespan interessirt sich für — Politik durchaus nicht. Sie scheinen eine besondere Vorliebe für eine Märtyrerkrone zu haben, daß sie mich derart behandeln.

Scarron.

Oh, ich wünsche nichts dringender, als Ihnen zu dienen. Aber ich bedarf eines Wegweisers. Was hat denn Ihre Egeria bisher geleistet? Es gibt verschiedene Nymphen.

Louvois.

Ja — Item. Als wir unlängst Sr. Majestät den unter= thänigsten Vorschlag wegen einer Welteroberung machten, waren Sie sehr gnädig und lobten unseren Eifer. Tags darauf, er kam gerade von diesen Gemächern, schlug mir der König auf die Schulter und sagte: „Louvois, Sie sind ein Narr. Wenn die Franzosen die einzige Nation auf Erden sind, haben sie aufgehört die erste zu sein".

Scarron.

Sagte er das? — Oh, ein königlicher Gedanke.

Louvois.

Ja. — Aber bisher war dem Könige bei Frau von Montespan noch nie eingefallen, daß ich ein Narr bin.

Scarron.

Das ist Schade.

Louvois.

Oh, es kommt noch ärger. Item. Seit einem Monate stehen 20.000 Mann mit dem Pulver in der Pfanne an den Grenzen der Pfalz. Das Land ist unser und sie sollten es besetzen.

Scarron.

Mit welchem Rechte?

Louvois.

Ich sagte Ihnen ja, 20.000 Mann. Die Marschordre lag zur Unterschrift bereit. Vorgestern kommt der König aus diesen Gemächern, schlägt mir auf die Schulter und sagt: „Louvois, Sie sind ein Blutmensch, wir wollen erst unter= handeln, bevor wir die Kriegsfurie loslassen".

9

Scarron.

That er das wirklich? Oh, eine edle That, des Königs würdig.

Louvois.

Ja. — Aber mit edlen Thaten macht man keine Eroberungen, und daß ein Kriegsminister keine Nachtigall ist, hätte der König auch schon früher einmal bemerken können, wenn er gewollt hätte.

Scarron.

Oh, es ist ein Anderes, Löwe zu sein oder Hyäne.

Louvois.

Ja. — Ich denke ehrerbietig von der Weisheit Sr. Majestät und meinte schier selbst, daß nur der große König ein Recht hätte, an mir Fehler zu entdecken; aber das letzte Stückchen aus diesen Gemächern ist so unköniglich, so frauenzimmerhaft, so zimperlich, schlau, erbärmlich — oh, diese Egeria ist entweder eine Pietistin oder so ein junges Kraut von 17 Jahren, das noch für Mondenschein und Lindenblüthe schwärmt, eine Gärtnerstochter mit der Botanisirbüchse, ein bürgerlicher Backfisch, in dessen Fantasie die Troubadours auf Blüthenstengeln statt auf Pferden reiten.

Scarron.

Sie sehen mich erstaunt, Marquis, was ist geschehen?

Louvois.

Man hat die königlichen Pferde ausquartiert und aus ihren Ställen wird man eine Bibliothek machen. Oh, werden Sie mir jetzt noch sagen: Sie sind in den Gemächern der Montespan? Françoise-Athenaïs von Montespan ist ein adeliges Weib und liebt die Pferde. Ihr zu Liebe wurden die Stallungen an den Südflügel angebaut, damit sie von ihren Fenstern täglich die Hengste ausreiten sehen konnte. Oh, Sie müssen es ja selbst bemerkt haben, wenn des Morgens ein Stallmeister nach dem andern im spanischen Schritte angeritten kam, da unten gar zierlich salutirte und sein Roß in kühnen, schön geschwungenen Pirouetten vorbeitanzen ließ. Das ist nun aus, seit gestern ist Louvois ein Vandale und das Gelächter des ganzen Hofes, weil jenes zarte Näschen in der benachbarten Orangerie etwas Stallgeruch verspürt hat. Als

gestern der König abermals aus diesen Gemächern kam und
mir den „Vandalen" an den Kopf warf, wegen des Verbrechens
gegen die heilige Orangerie, da riß mir die Geduld, und ich
gestattete mir die Frage, ob Se. Majestät diesen Uebelstand
persönlich zu riechen geruht hätten. Nein, meinte der König,
wir sehen durch die Augen unserer Minister und riechen durch
die Nasen unserer Freunde. Hahahahahaha! wie sie da alle
lachten, die Schranzen und Schulmeister und Cavaliere. Der
eine improvisirte eine Ode an den Geruchsinn, der andere ein
Epigramm auf geruchlose Minister, Colbert hielt mir eine
wüthende Standrede über meine Verschwendung und zuletzt
versprach Racine den Herrschaften eine Tragödie über diesen
Vorfall zu schreiben.

Scarron.

Hahahaha! Armer Marquis! Wie schade, daß Molière
nicht mehr am Leben ist, er hätte eine Komödie daraus gemacht:
„Die Stumpffinnigen." — Ah, der Profet hat gepredigt: Sie
haben Augen und sehen nicht, sie haben Ohren und hören
nicht — Molière hätte hinzugefügt: Sie haben Nasen —
Hahahahaha!

Touvois.

Lachen Sie nicht. Sie begreifen jetzt, daß es mich lüstet,
diese Egeria kennen zu lernen. Wenn die Nerven eines
Königs empfindlich werden, lachen seine Feinde.

Scarron.

Vorerst zittert sein muthigster Minister, — natürlich
aus Besorgniß für den König.

Touvois.

Das Maß ist voll. — Wer ist die Dame?

Scarron.

Ich weiß es nicht.

Touvois.

Die Uhr weist mir die Thüre. Ich muß gehen. Aber
ich werde wiederkommen und Sie zum zweiten Male fragen.
Ich bitte Sie, zwingen Sie mich nicht, Ihnen eine mißliche
Spazierfahrt in bewaffneter Begleitung zu arrangiren.

Bedenken Sie Ihre Antwort! Ich bin doch begierig, wer von
uns Beiden zittern wird, wenn wir uns wiedersehen, ich oder
Sie, Frau Gouvernante. (Geht durch die Mittelthüre ab.)

Zweite Scene.

Scarron (allein).

Wohlan denn, Herr Marquis, die Wette gilt.
Und gegen alle Ihre Kerkermeister
Setz' ich den König ein und meinen Witz.
Ich warnte vor dem fastnachtsvollen Plan
Der neuen Welteroberung den stolzen König,
Ich rieth doch wenigstens den Schein des Rechts
Durch friedliche Verhandlung erst zu wahren,
Bevor der Raubzug in die Pfalz beginnt.
Ich sprach im Scherze von dem schnöden Mord,
Der an dem Duft der Blumen ward verübt. —
Und was ich sagt' und scherzte, das geschieht?
Die schwache Meinung ward zur starken That;
Und weil von denen keiner mitgerathen,
So fragen sie nun, wer die That gethan?
Und zwingen mich vor aller Welt zu scheinen,
Was nur zu sein ich kaum noch glauben kann? —
Dies schöne Weib hat ihres Namens Ehre,
Den edlen Gatten und die keusche Scham
Um einen Liebestraum dahingegeben;
Und ich erbeute mir aus beider Schwäche,
Das Richtschwert einer königlichen Macht? —
Nein nein, Louvois, die Botschaft hat so sehr
Mit Stolz und Hoffnung mir das Herz erfüllt,
Daß für die Furcht kein Raum geblieben ist. —
Euch, Frauen, alle ruf ich in Schranken,
Die ihr mit buhlerischem Blick und Leib
Den Mann gewonnen und mit ihm die Herrschaft.
Dich, Kleopatra, Dich Aspasia! —
Denn Ihr ward feil und decktet Eure Schande,
Des Weibes Schmach, mit stolzem Purpur zu.
Mit Eurer Ehre zahlet Ihr die Nacht.
Doch ich — (sie sieht sich im Spiegel) fürwahr, in diesem Augenblick
Wär' ich fast schön zu nennen. Die Erregung
Drängt mir das heiße Herzblut in die Wangen,

Die Augen sprüh'n und meine Pulse fliegen. —
Ich will nicht schön sein. Schön sind Jene auch.
Doch ich will in das ewige Turnier
Der Könige und Völker meinen Geist,
Den zarten Sinn des tugendstolzes Weibes
Als meine siegessichern Streiter mengen;
Egeria, die Ihr sucht, ich will sie sein.
Nicht Göttin eines sagenhaften Königs,
Ein Weib und darum doppelt achtungswerth.
Der heiße Willkomm', den die Liebe grüßt,
Der sünd'gen Liebe frevelhaftes Wagen,
Der Liebesrausch als Beute arger List,
Sie haben Elend in die Welt getragen.
Ich fürchte nichts. — Weil Du so reizend bist,
Brauch' ich für meine Jugend nicht zu zagen,
Wer eben eine Montespan geküßt,
Kann sich getrost in meine Nähe wagen.

Dritte Scene.

Der König kommt durch die Seitenthüre rechts. Die Scarron macht eine
stumme Verbeugung, der König dankt und geht zur Ausgangsthüre, dort
bleibt er stehen und wendet sich um.

König.
Was machen Ihre Schützlinge?

Scarron.
Sie sind wohlauf, Majestät, ein wenig unbändig, aber
gut geartet.

König (noch immer an der Thür).
Die Unbändigkeit sollen Sie nicht dulden, meine Liebe.
Knaben müssen bei Zeiten an den Gehorsam, Mädchen an die
Bescheidenheit gewöhnt werden.

Scarron.
Der Uebermuth ist das schönste Vorrecht der Jugend.

König (tritt während der nächsten Rede langsam vor).
Der sicherste Vorbote alles Bösen. Der Trotz zeugt
Rebellen.

Scarron.

Und die Bescheidenheit Schmeichler.

König.

Die Schmeichler sind gefährlicher, wenn wir ihnen glauben, aber die Rebellen sind schlechter.

Scarron.

Der Rebell ist schlecht, weil er gefährlich ist, der Schmeichler ist gefährlich, weil er schlecht ist.

König.

Man fürchtet nur Gefahren, die man kennt. Es muß an unserem Hofe viele Schmeichler geben.

Scarron.

Oh Majestät, zwingen Sie mich nicht zu sagen, daß an dem Hofe des großen Königs Ludwig die Schmeichelei zur Tugend wird.

König.

Ah, Frau Scarron, Sie verstehen diese Tugend jeden= falls besser als die Bescheidenheit. — In dem Haushalte der Tugend gibt es ein Schwert, die Tapferkeit, eine Wage, die Gerechtigkeit, eine Leuchte, die Weisheit, und eine Blume, die Bescheidenheit. Sie ist die Zierde aller Tugenden, indem wir uns niederbeugen die Blume zu pflücken, erhebt sie uns zu allem Schönen und Guten; und dann, wenn wir ein Schwert haben, brauchen wir die Kraft es zu führen, die Leuchte ist werthlos ohne das Auge, das da sieht, — aber die Blume, die wir tragen, sie ziert uns, von uns strömt ihr Duft aus und wir haben nichts gethan, als sie uns zu Eigen gemacht. Ist es nicht so?

Scarron.

Allerdings. — Aber das wohlgeführte Schwert zer= schmettert einen Feind, das erleuchtete Auge beglückt die Menschheit, die Blume — —

König (einfallend).

Beglückt ein Herz und dieses Glück ist schöner, wie das einer gewonnenen Schlacht.

Scarron.

Damit tröstete Agnes Sorrel den König Karl nach den verlorenen Schlachten.

König.

Und ich Beneidenswerther habe die Tröstung und sparte das Leid. Geht, geht mit Euren Beweisen, mit Eurem Scharf=sinn, mit Eurer trockenen Klugheit. Ihr werdet immer Recht behalten, und weil Jeder von Euch Recht hat, wird der Streit nie aufhören. Wir haben Françoise eine Freude verdorben und uns keine gemacht. Eine andere hätte geweint, getobt, hätte Himmel und Hölle in Bewegung gesetzt für die angethane Beleidigung. Sie empfing mich mit lachenden Augen und Nichts gemahnte an den Vorfall, als ein berauschender Wohl=geruch, der das Boudoir erfüllte. Ich frug darnach, und da war es ein Bouquet frischer Orangenblüthen, das sie für mich bestellt hatte, weil ich diese Blumen so liebgewonnen hätte. Ist das nicht bescheiden, ist das nicht liebenswürdig, bezaubernd? Weil es eben Nichts behauptet, Nichts beweist und auch Nichts beweisen will.

Scarron.

Die Liebenswürdigkeit eröffnet den Krieg gegen den Verstand — mit Verstand.

König.

Und was weiß Euer Verstand dagegen zu sagen?

Scarron.

Nichts, Majestät. — Dieser Verstand konnte eine Freude verderben — aber Gefühle sind ihm heilig.

König (etwas lebhafter).

Ich opfere Euch diese Gefühle. Zerstört Sie, wenn Ihr es könnt, und nun fordere ich eine Antwort. Welche andere Meinung als die der Liebenswürdigkeit steckte in diesen Blumen?

Scarron (ruhig aber mit scharfer Betonung).

Nur eben die, daß die Marquise den König lieber bei sich sieht, als seine Pferde unter ihrem Fenster.

König.

— — Sie haben Recht. Da kommen Sie her. (Er nimmt sie bei beiden Händen.) Sehen Sie mir in die Augen und sagen Sie mir, ob es nicht beschämend ist, so Recht zu haben. (Er läßt sie frei.) O, ein ganzes Königreich der Liebe haben Sie in Trümmer geschlagen.

15

Scarron.

Der Liebe? — Nein, Majestät, denn wenn Ihre Gefühle Liebe gewesen wären, hätte ich nicht Recht behalten.

König (schnell).

Kennen Sie denn auch nur die Anfangsgründe der Liebe?

Scarron.

Allerdings — es ist die Achtung.

König.

Es ist die Illusion. — Welche Geliebte wäre so schön, so reich an jeder Tugend des Herzens und des Geistes, als unsere Liebe sie uns vorstellt, welcher Mann hätte alle die Vollkommenheiten, welche die hingebende Zärtlichkeit des liebenden Weibes ihm andichtet. In eine andere Welt entführt uns die Liebe. Wir vergessen die Kämpfe, die Aergernisse, die Abscheulichkeiten des Lebens an den flammenden Lippen und in den weißen Armen der Göttin, die uns bewillkommt; wir versinken in einen Traum und aus dem Traume ersteht ein Märchenreich, der ewig heitere Himmel Arkadiens lacht über uns und wir sind Götter und Helden, Nymphen und Feen, Dämonen und Geister, nicht etwa weil wir sie sind, sondern weil die Illusion der Liebe sie uns vorzaubert, weil sie das Kleinliche groß, das Gleichgiltige bedeutend macht, weil die Liebe die Poesie ist, gegen die Eure Prosa nichts schaffen, sondern nur zerstören und sagen kann, das ist nicht wahr.

Scarron (nach einer Pause).

Es wäre grausam, das zu sagen, denn der unglückliche Poet erwacht aus seinem Traume auf dem armseligen Throne Frankreichs.

König.

Sehr kühn! Sie vergessen, daß Sie mit dem Könige sprechen.

Scarron (feurig).

Verzeihung, Sire! Wenn diese Liebe den König zum Dichter gemacht hat, dann ist es Pflicht, den Dichter daran zu erinnern, daß er König ist.

5*

König.

Hahahaha, Sie sagen das mit einem so flammenden Patriotismus, daß man Sie zum Premier=Minister machen sollte — wenn Sie ein Mann wären. O, ich begreife jetzt, daß der gute Scarron zeitlebens nur Satyren schreiben durfte. Wenn er ein Küßchen wollte, bekam er eine Moralpredigt und mit seinen Liebesgedichten entflammte die prosaische Gattin das Kaminfeuer. (Er sieht das Buch am Tisch und schlägt es auf.) Ah, sieh' da, Gedichte von Lafontaine, — Fabeln, und der Montespan gewidmet. Ah, sehen Sie: Françoise, das ist die Muse, ihr Anblick begeistert, ihre Erinnerung entzückt. Wie allerliebst könnten Sie auch aussehen, wenn Sie diesen strengen Gouvernantenzug aus dem Gesichte verbannen wollten. Das sind so allerliebste Geschichtchen: Das Milchmädchen — Der Pfarrer und der Tod. — Die Katze und der Hahn. — Haben Sie das Buch gelesen?

Scarron.

Man hat es erst heute gebracht. Herr Lafontaine hat Geist.

König.

Und Witz. Deshalb möchte ich dabei sein, wenn Sie in dem Buche lesen. Wie Sie doch aussehen mögen, wenn Sie einmal lachen. (Im Buche blätternd.) — Die Ratte und der Elephant. — Der Esel und der Hund. — Ah, „Die Er= ziehung", das ist für Sie. (Er gibt ihr das Buch.) — Ich bitte, lesen Sie mir das Gedicht. Eine Erziehungsgeschichte. — Oh, ich werde Lafontaine sagen lassen, er sollte mir eine Fabel schreiben, wie man aus einer Gouvernante eine liebens= würdige Frau macht.

Scarron (betreten).

Ich werde vielleicht eine andere Fabel lesen, Majestät.

König (lachend).

Macht er sich lustig über Sie? Nein, nein, lesen Sie nur die Erziehung.

Scarron (liest).

Die Erziehung.

Cäsar und Laridon, ein junges Brüderpaar
Von Hunden, deren Stamm berühmt schon lange war,
Durch Schönheit, Kraft und Muth, geriethen, wie's nun geht,

Daß uns der Zufall eint und auseinander weht,
In zwei verschied'ner Herr'n verschiedene Gewalt,
Der Eine in die Küche, der Andere in den Wald.

Cäsar, des Namens werth, übt Kraft und wilden Muth,
Er schärfte sein Gebiß und stählte seine Glieder
Bei mancher stolzen Jagd; er trank des Ebers Blut,
Er riß den flücht'gen Hirsch im Sprung zu Boden nieder.
Und so der Stolz des Herrn, so aller Hunde Zier,
Gezügelt und bewacht in jeglicher Begier,
Ward eine Hündin ihm zur rechten Zeit vermählt,
Die, kühn und schön wie er, aus Hunderten erwählt,
Die Fürstin schien zu sein von allen Stammgenossen.
Aus solchem edlem Paar ist edle Zucht entsprossen. —
Dieweil schlürft Laridon behaglich in der Küche,
Von Braten und Confect die leckern Wohlgerüche,
Er pflegt der süßen Ruh', er mästet seinen Leib,
Und weil ihm Arbeit fehlt, so sucht er Zeitvertreib.
Er übt die Galant'rie bei leicht gefäll'gen Schönen,
Bevölkert Stadt und Land mit schlecht gezeugten Söhnen,
Die feig und faul und schwach und jeder Tugend bar,
So ehrlos sind, wie einst der Ahn voll Ehre war. —
Der ungenützte Stahl verrostet in der Halle,
Den ungeübten Muth bringt die Gefahr zu Falle,
Der Vater war ein Held, ein Wüstling ist der Sohn,
Und mancher Cäsar wird gar leicht zum Laridon. — —

König.

Sie haben das mit guter Betonung gelesen.

Scarron.

Der arme Laridon!

König.

Was soll's? — Warum beklagen Sie — diesen Laridon.

Scarron.

Mein Gott, weil es eben ein Hund war, der von
seinem Herrn nicht fort konnte. Da mußte freilich die Race
verderben.

König.

Sie meinen?

Scarron.

Daß diese Moral des Herrn Lafontaine einen Riß hat,
durch den die ganze Menschheit durchspaziert. Wer zum

Ritter geboren ist, bleibt eben nicht in der Küche, er reißt
die Kette und sucht sich den Schauplatz seiner Heldenthaten.

König.

Hm. Und wer sagt Ihnen, daß er an der Kette lag?
Ein Spielzeug war es, das uns zerstreut hat und keine Bande,
die uns fesselten.

Scarron.

Mit Verlaub, Majestät, wenn da die Erzieherin wider=
spricht. Ich beherrsche die Kinder mit dem Spielzeuge, je
nachdem ich es ihnen gebe oder versage und ich weiß nicht,
ob das Spielzeug der Großen nicht noch mächtiger über die
Großen. — Es hat die Poesie für sich.

König.

Da sehe mir einer diesen Mund an, er ist weich und
roth, wie bei anderen schönen Frauen, aber sobald er sich
aufthut, schwirren die Pfeile. Nun ja! Die Pfeile sitzen, jetzt
schaffe den Balsam. Ich habe wahrlich kein Talent, den heiligen
Sebastian abzugeben umd ruhig zuzusehen, wie der Bogen=
schütze auf mich einrückt.

Scarron.

O, Majestät haben die Macht, mein kühnes Unter=
fangen zu strafen und dieser Mund schweigt auf Ihren Befehl.
Reißen Sie die Kette und ich bin gerne das erste Opfer
des erwachten Löwen. Aber unfreundlich schelten Sie die
Stimme nicht, die dem Manne die Erinnerung seiner Größe
weckt, die dem Könige jene Tage in's Gedächtnis bringt, da
er die Fesseln einer Vormundschaft von sich warf, da er die
eigennützigen und ränkesüchtigen Großen dieses Reiches mit
der Reitpeitsche nach Hause jagte und ihnen zurief: „Der
Staat bin ich,“ da er die Erbschaft Mazarin's antrat und
Europa seine Befehle dictirte. O, wie jubelte damals mein
Herz, als die ganze angesammelte Erbärmlichkeit des Jahr=
hunderts vor der Zuchtruthe des königlichen Jünglings erbebte.
Und ich sollte sehen, wie dieser Held in selbstgeschaffenen
Fesseln zum Sclaven wird, wie dieser Herkules an dem Spinn=
rocken einer Omphale seine beste Kraft vergeudet und ich
sollte den Schlafenden nicht aufrütteln dürfen! Wach' auf,
wach' auf, Du bist Cäsar! — Mag Ludwig von Bourbon
mir's verzeihen, wenn ich ten König zu sehr geliebt habe.

König.

Ein königliches Weib! O, warum habe ich nicht die Macht, Dir eine Krone auf das Haupt zu setzen! — Du liebst den König?

Scarron.

Den — König, Majestät.

König.

Nein, Du hast ein Herz — die flammenden Augen verrathen Dich, der bebende Mund und die glühenden Wangen.

Scarron.

Das mag so scheinen, doch es ist nicht so. Für jedes andere Gefühl als Pflicht und Ehre bin ich unempfindlich, und darum, ich bitte, nichts mehr von Liebe, Majestät.

König.

So hätte dieser Mund soviel geküßt und dies Herz soviel geliebt, daß alle diese Reize Nichts verhüllen, als nur die Asche des erloschenen Vulkans?

Scarron.

Das ist es nicht, Sire, denn ich habe nie geliebt. Ein Kind fast, eine arme Waise, wurde ich das Weib des Dichters Paul Scarron. Er war das liebenswürdigste Genie, der hellste Geist in einem lahmen Körper. Ich ehrte ihn anfangs gleich einem Vater. Doch wenn ich andere frohe Weiber sah, die an der Seite ihrer Männer dem Leben lachten und mein Schicksal befragte, das mich an ein Krankenbett gefesselt hielt, da kam erst leise und dann immer stärker die Ahnung über mich, als sei ich um meine Jugend und um mein Liebesglück betrogen worden. Die Ehrerbietung wandte sich in Haß und ich ließ den giftigen Becher dieses Hasses den armen Kranken auf die Neige leeren. Er trug's geduldig und sein Geist erfand so viele tausend Zeichen einer zarten Liebe, daß wie ein im Zorne fortgepeitschter treuer Hund die Ehrfurcht in mein Herz wiederkehrte und fast begann ich schon den Mann zu lieben, als ihn der Tod für immer mir entriß.

König.

Seit dem?

Scarron.

Seit dem ward ich allerdings frei und die reichbesetzte Tafel aller Lebensfreuden stand mir offen. Allein was nützte mir's, da ich verwöhnt war an den ausgesuchtesten Früchten des Parnaß, die mir kein Anderer mehr bieten konnte. Gar manche Männer bewarben sich seither um meine Gunst, doch Alle waren, gegen Scarron gehalten, noch vielmehr siech und lahm in ihrem Geist, als jener es in seinem Körper gewesen war. Ich fand wohl Männer, die gefallen wollten, doch keinen Herrn, dem ich in Demuth dienen konnte, wie es die Liebe eines Weibes soll. Und so, Majestät, befehle ich mich ohne die Liebe.

König.

Bei so viel Stolz hat ja die Demuth keinen Platz. Und diesem Stolze erklären wir den Krieg. In dem galanten Frankreich darf kein Frauenherz zu Grabe gehen, in das die Liebe ihren Einzug nie gehalten hat, und wenn kein Anderer Dich bezwingen konnte, so wird des Königs Majestät es selbst versuchen, den ersten Kuß Dir auf den Mund zu drücken.

Scarron.

Des Königs Majestät? — Das wird nicht angehen, denn vor dem Könige wird ja die Demuth Pflicht. Ich beuge meine Knie, Sire.

König (sie persifflirend).

Und behalte meinen Stolz für mich —?

Scarron.

Das ist kein Stolz, der nur die Ehre wahrt.

König.

Und das ist keine Ehre, die sich von dem selbstgewählten Kampfplatze wegflüchtet, um sich hinter Altären vor den Angriffen des Gegners zu schützen. Sie haben zu hoch gespielt, als daß Sie ein Recht hätten, den Einsatz zurückzuziehen, Sie haben mich gleich einem Knaben erröthen machen und glauben, keine Genugthuung schuldig zu sein, weil Sie ein Weib sind —?

Scarron.

Nehmen Sie mein Leben, Majestät, aber keine unedle Rache; gegen Ihre Gewalt bin ich wehrlos.

König.

Du hast selbst den Feuerbrand geworfen. Ein schönes Weib, hast Du mir einen reichen, kühnen Geist und ein noch unerschlossenes Herz gezeigt. Du darfst nicht klagen, wenn

jetzt meine Hand, nach diesen Schätzen greift und sie sich fest=
hält. Ei, Du spröde Magd, ich will Dich lieben lehren, wie
ich selbst Dich liebe.

Scarron (zurückweichend).

Und ich will nicht.

König (leidenschaftlich erregt).

Die Liebe ist die schönste Pflicht des Weibes, der keine
Evastochter noch entgangen ist. Wen liebst Du, wenn Du
mich nicht liebst?

Scarron.

Nun denn, verzeih' mir Gott! Wenn ich nicht mehr sein
soll als andere Frauen, vernichte mich Dein königlicher Zorn.

König.

Nicht mehr als andere Frauen? — An unserem ganzen
Hofe ist kein Weib — kein Mann, der es je gewagt hätte,
mir das zu bieten, was Du mir heute geboten hast, und von
dem ich es ertragen hätte; und wenn ich jetzt die Gegenliebe
von Dir fordere für eine Liebe, die Du in mir geweckt hast,
die mich erhebt, begeistert und — nicht erniedrigt, so ist es
ja nicht Deine Schönheit, die mich lüstern machte. Ich hatte
diese Augen schon oftmals gesehen und sie hatten mir nur
immer gefallen, weil sie klug waren. Den Geist aber, der
aus ihnen blitzte, den habe ich nunmehr erkannt, und der ist's,
den ich an Dir liebe. Ich habe mich vor ihm gebeugt, aber
ich will ihn mein nennen. Nicht meine Geliebte, meine
Freundin sollst Du sein und Du sollst mir rathen und bei=
stehen nicht etwa zu Scherzen und tollen Launen; in ernsten
Dingen soll Deine Stimme Gehör finden, an den Stufen
meines Thrones, gleich einer Königin und mehr wie diese. —
Ich will Numa sein, der alte Römerkönig, und hinweg mich
flüchten von dem Lärmen des Hofes zu Dir, Egeria; Du
sollst mir Weisheit und Wahrheit aus der klaren Quelle
Deines Geistes schenken. — Sage nicht nein, vor Dir steht
Frankreich.

Scarron (will die ihr gebotene Hand des Königs küssen).

Oh mein gütiger Herr.

König (zieht sie an sich).

Nun siehst Du, Trotzkopf, jetzt vertraust Du endlich.
Komm, lege Dein Haupt an meine Schulter und höre nur

noch Eins: Wenn König Numa und Egeria eine Stunde mit
einander von Politik, von Kriegen oder sonstigen Staats=
actionen gar weislich geplaudert hatten, da tauchte aus dem
Urgrund der Quelle ein kleiner Schalk auf und warf ihnen
Binden über die Augen; denn sie waren Beide so klug und
weise, daß sie sich geschämt haben würden, wenn ihre Augen
einander lachen gesehen hätten, und dann, — nur still
gehalten, kleine Göttin — die alten Götter hatten Fleisch
und Blut — und dann küßten sie sich. (Er küßt sie.)

Scarron (sträubt sich.)

Das ist nicht wahr.

König.

Ja doch, so war's. (Er läßt sie los und sieht auf die Uhr.)
Doch was sehe ich! Unsere Grand-Seigneurs werden
glauben, die Welt geht unter. Wir haben uns um fünf
Minuten verspätet. Adieu, Egeria — auf Wiedersehen. (Er
wendet sich um zu gehen.)

Scarron (ihm nach).

Nur noch ein Wort.

König.

Nicht jetzt. Nicht hier. — Starrt mich doch diese Thüre
Gleich einem neugesetzten Grabmal an,
In das ich meine Thorheit eingesargt,
Die Thorheit meiner Jugend, meiner Freuden.
Der Narr ist todt.

Scarron.

Der König blieb am Leben.

König (launig).

Doch wird der Narr Dir noch zu schaffen geben —
(Zu Louvois, der während der letzten Reden eingetreten und erschrocken an
der Thüre stehen geblieben ist.)

Louvois! Was gibt's?

Louvois (stotternd).

Ich glaubte .... diese Stunde —

König (lachend).

War man um Unsere Person in Sorge?
Sie seh'n, Uns ist nichts Böses widerfahren.

Louvois (mit einer demüthigen Verbeugung).

Ich bitte um Verzeihung, Majestät!

(König und Louvois ab.)

Vierte Scene.

Scarron (allein).

Das war nicht wohlgethan, mein Herr und König,
Das ernste Antlitz dieses stolzen Plan's
In eine Amorsfratze umzuwandeln,
Den Falken, dessen Flug der Sonne galt,
In einen lust'gen Jagdpark einzufangen!
Muß ich beginnen, so wie Jene endet,
Um einst zu enden, so wie ich begann — —?
Erging an mich der Ruf zu größ'ren Zwecken,
Und überschreit' ich diese dunkle Schwelle,
Um einzutreten in das Haus der Ehre? —
Der Ehre! — Ja. Ich fühl' in mir die Kraft,
Dem Rad der Zeit die Speichen festzuhalten,
Den wilden Strom in seinem Lauf zu bannen.
Wohlan! Wie uns der Tod zur Seligkeit,
Führt ein entschwund'ner Traum mich an den Thron.
Mein war der Kampf, der Sieg, — sei's auch der Lohn,
Und meine Thaten künde meine Zeit! —

(Louvois mit mehreren Herren vom Hofe und königlichen Wachen treten ein.)

Fünfte Scene.

Scarron, Louvois, Gefolge.
Louvois (mit Complimenten).

Verzeihung, schöne Frau, wenn meine Ehrfurcht
Die Feier dieses Augenblickes stört,
Verzeihung mir, der ich Kometen suchte
Und darum eine Sonne übersah.

Scarron.

Sie kommen in bewaffneter Begleitung!
An Ihren Dienst, Marquis! — Wohin die Fahrt? —

Louvois (vortretend und förmlich).

Mein Dienst ist hier und ich begrüße Sie,
Beauftragt von des Königs Majestät,
Als Herrin und Marquise von Maintenon.

(Die Marquise steht gefaßt in stolzer Haltung da. Während die Cavaliere
sich anschicken, ihr zu huldigen, fällt der Vorhang.)

IV. Abtheilung.

„Iftikâri.“

Lustspiel in einem Aufzuge.

Personen.

Der Graf von Bourbon.	Herr Hartmann.
Graf Dubarry, Kammerherr des Königs	Herr Schöne.
André, Graf von Anville, Capitän in der königlichen Garde	Herr Hübner.
Ninon von Montemar	Frl. Hohenfels.
Jacqueline, Ninon's Kammerfrau .	Fr. Mitterwurzer.
Crébillon, ein Schlosser	Herr Nötel.
Ein Lakai	

Ort der Handlung. Schloß Versailles.

Zeit 1755.

Ein kleiner Salon in Versailles, reich und üppig ausgestattet; Gobelins mit mythologischen Gruppen; ein mit Pelzwerk überdecktes Ruhebett, ein Etablissement: Sofa, zwei Fauteuils, ein Tisch, auf diesem Flacons, eine Cassette und eine Bonbonnière; Mittelthür, rechts eine Seitenthür, links eine Bibliothek, welche als Thür zu einem Gange dient. Neben dem Ruhebett, vorne links, ein Säulenpostament für eine Statuette, an dem Postament eine Inschrift. Wenn der Vorhang in die Höhe geht, ist die Bibliotheksthür offen, so daß der Gang sichtbar ist.

Erste Scene.

Ninon allein, später Crébillon und Jacqueline. (Man hört Crébillon im Gange hämmern. Ninon steht nachdenklich vor dem Postamente.)

Ninon

Ein neues Räthsel in dieser seltsamen Wohnung. Wen soll nun meine Phantasie auf dieses verwaiste Postament setzen? (Sie liest die Inschrift.)

„Erkenne Deinen Herrn auf Erden,
Ich war's, ich bin's, ich muß es werden."

Gott? — Welche Lästerung! Als ob Gott in einem Augenblicke noch nicht oder nicht mehr unser Herr sein könnte. Der König? — Ludwig der Fünfzehnte, aus dem erlauchten Hause Bourbon, ist König von Frankreich seit 1. September des Jahres 1715, regiert also bereits vierzig Jahre und ich bin erst achtzehn Jahre alt. „Ich muß es werden." — Nein, auch auf den König paßt diese Inschrift nicht. Es muß ein dauerndes Wesen sein, dessen Herrschaft aber eine zufällige, eine unveränderliche ist in Ansehung des Menschen. — Also eine Allegorie? (Geht an die Bibliotheksthüre und ruft in den Gang.) Heda! Meister Schlosser! Sind Sie bald fertig? Man hat mir Besuche angekündigt und . . .

Crébillon (ruft aus dem Gang heraus).

Sogleich, Fräulein. Noch ein Haken und dann ist die Maschine in Ordnung.

Ninon.

Bravo! (Zum Postament zurückkehrend.) Eine Allegorie also? — Etwa die Tugend? — Ich hoffe, daß die Herrschaft der Tugend über mich eine so andauernde ist, wie die Herrschaft

Gottes und des Königs. Aber mit demselben Grunde könnte es auch das Laster sein oder die Versuchung? „Und führe uns nicht in Versuchung!" — Die Versuchung! — Was ist das? — Während der Schulstunde plaudern, während des Menuetts daran denken, um wie viel hübscher ein gewisser André sich als Cavalier ausnehmen würde, statt der trefflichen Gouvernante, die mich in St. Cyr zum Tanze führte? — Pah, wir sind seit acht Tagen ein erwachsenes Fräulein, seit sechs Tagen Edelfräulein der Königin und seit zwei Stunden — Palastdame. Und doch sieht diese Wohnung hier aus, als lauerte die Versuchung in jedem Winkel. (Jacqueline tritt ein, Ninon spricht das Folgende zu Jacqueline.) Diese Bilder sind hübsch, sehr hübsch, aber ich finde die Toilette der Göttinnen und Nymphen nicht anständig — für den Salon eines Mädchens. Der Reich=thum, der mich umgibt! So ungefähr denke ich mir mein Boudoir — nach meiner Hochzeit. Ich bin einfältig. Da ist hier der Salon einer Palastdame, und wir sind in Versailles.

Jacqueline.

Sagen Sie lieber, wir sind hier in einem Gefängniß! — Oho, Fräulein, da gibt's Nichts zu lächeln und Nichts zu lachen. Draußen vor unserer Thür lungert ein halbes Dutzend Lakaien herum und die Bursche halten Wache. Ich hatte in Eile des Umzuges — das ging zu, als stünde der Feind vor den Thoren und wir müßten Frankreich befreien — meine Schlafhauben in der alten Wohnung vergessen und wollte sie holen. Haben mich da draußen nicht gleich zwei seidene Hallunken beim Kragen und erkundigen sich, was ich befehle? „Meine Schlafhauben", antworte ich. Da lacht der eine und der andere erwiderte so ernsthaft, als ob der Spaß zu gut wäre für ein ehrliches Lachen: „Gewiß, Madame Jacqueline, die müssen sofort besorgt werden. Ich werde einen Unterlakai darum schicken." — „Danke bestens, Herr Oberlakai", erwiderte ich, „Madame Jacqueline holt sich ihre Hauben schon selbst." — „Oho, Madame, es wäre unerhört, wenn Sie sich bemühen sollten." — „Nichts da", erwidere ich, „das geht Sie überhaupt wenig an, und im Uebrigen habe ich drüben, ich wies auf den Flügel der Königin, zu thun und zu reden." Da setzt nun mein Oberlakai ein gar feierliches Gesicht auf, nimmt mich beim Arm — ich hätte dem Bürschchen gar nicht die Kraft zugetraut, und er hat mich festgehalten — und sagt: „Pardon, Madame, das ist gegen die Ordnung! Sie und Ihre Herrin wollen befehlen, was Sie wünschen, aber die Promenaden und Aus= gänge sind vorläufig nicht gestattet, bis auf weitere Befehle der Hofkammer.“ — Wir sind Gefangene, Fräulein!

Ninon.

Das wäre doch seltsam. — Gefangen und mit solcher Auszeichnung behandelt! Eingesperrt und mit solcher königlichen Pracht umgeben!

Jacqueline.

'S ist eine Mausefalle, Fräulein, und die Maus sind Sie und Ihre Tugend.

Ninon.

Wer könnte meiner Tugend etwas anhaben, so lange ich selbst von ihr nicht ablasse?

Jacqueline.

Närrchen! — Aber ich verlasse Dich nicht. So lange ich meine Knochen rühren kann, soll Dir, mein Engelchen, kein Leid geschehen.

Ninon.

Selbst Närrchen, meine gute Jacqueline! Sind wir nicht im Palaste und im Schutze des Königs?

Jacqueline.

Jawohl! Des Königs! — Und das ist der rechte Beschützer für Mädchenunschuld und Frauenehre. — Man weiß in ganz Frankreich, was man von der liederlichen Wirthschaft in Versailles zu halten hat.

Ninon.

Jacqueline! — Ich dulde diese unartige Sprache nicht. Man wird in St. Cyr wohl auch noch wissen, wer der König von Frankreich ist. Er ist der Hort des Glaubens, der älteste Sohn der Kirche, der Hüter der Gerechtigkeit, der Beschützer aller Bedrängten, der Sieger aller Schlachten, er ist der menschliche Inbegriff aller Tugenden und der Beglücker seines Reiches. — Das waren alle Könige von Frankreich und, wie sich die Menschheit gebessert und veredelt hat von einem Jahrhundert zum andern, so ist König Ludwig der Fünfzehnte emporgestiegen über die Tugenden seiner Vorfahren, sie alle überragend und überstrahlend.

Jacqueline.

Ja so! — Und das haben Sie Alles in St. Cyr gelernt? — Und dann hat Ihr Onkel Sie mit diesen Wissenschaften nach Versailles geschickt?

Ninon.

Nein, Jacqueline, meine gute Jacquelinette, so ganz genau verhält sich die Sache nicht. Ich war es, die nach Versailles zu gehen wünschte, wegen André's — Du kennst ihn, Cousin André?

Jacqueline.

Den jungen schönen Grafen Anville, Ihren Bräutigam?

Ninon.

Meinen Bräutigam! — Er ist Capitän bei den Garden, und so oft ich um ihn seufzte, hat auch Fräulein Antonia, unsere Gouvernante, ein trauriges Gesicht gemacht, als hätte sie Grund, mich zu beklagen. — Sie wollte lange nicht mit der Sprache heraus, doch endlich gestand sie mir das Gräßliche! Diese Gardeofficiere stehen im Rufe, ein gottloses Leben zu führen: Sie trinken, fluchen und gehen nur „dienstlich" in die Kirche. In ihrer kriegerischen Lebensart verwildert jeder feinere Cavalier und verlernt die Art des Umganges mit — wie sagte sie nur? — mit — anständigen Damen. Oh, Jacqueline! Das betrübte mich, und so kam ich zu dem Entschlusse, André zu retten. Deshalb erbat ich mir die Stellung bei Hofe, des= halb bestimmte ich meinen Onkel, mich nach „Versailles zu schicken" an den Hofstaat der Königin und deshalb bin ich hier und erwarte meinen verwilderten, schönen, lieben Vetter und Bräutigam!

Jacqueline.

Sie haben ihm geschrieben?

Ninon.

Das wäre unschicklich; aber die Herren Gardeofficiere erscheinen bei den Festlichkeiten des Hofes und dort werde ich André finden, prüfen, retten und dann — dann?

Crebillon (kommt mit seinem Werkzeuge aus dem Gange).

Die Maschine ist fertig.

Ninon.

Ah! Lassen Sie sehen, was Sie gemacht haben.

Crébillon.

Wie es befohlen war. Die Spitzbubenthür hat ihren Riegel und die Glocke läutet.

Ninon.

Wohin führt der Gang?

Crébillon.

Weiß nicht. Der Gang kriecht, wie so ein rechter Dieb, zwischen Hauptmauern um etliche Zimmer und Treppen herum und endet an einer eisernen versperrten Thür. Drüben war man sehr besorgt gegen den Eintritt. Wer aber von drüben hieher kam, fand die offene Thür.

Jacqueline.

Das gehört somit zum Schlosse und zum Schutze des Königs.

Ninon.

Man hatte diesen Gang schon vergessen, als mir die Wohnung hier angewiesen wurde.

Crébillon.

Offenbar! — Nur ist er für einen vergessenen Gang recht sauber gehalten und gar nicht staubig. — Aber nun seien Sie ganz ruhig, Fräulein. Von dort her überfällt Sie Niemand. Der Glockenzug hat seine Art, und wie drüben an der Thür sich etwas rührt, so klingelt's hier und Sie haben Zeit, die ganze Schloßwache in Allarm zu bringen. — Hören Sie nur! (Geht in den Gang.)

Jacqueline.

Und das soll keine Mausefalle sein?

Ninon.

Der Gang mag schon in irgend eine frühere Ordnung hineingehört haben, in eine Ordnung, von welcher wir Nichts wissen, in eine Ordnung, die eben nicht die meine ist.

Jacqueline.

Aber Riegel und Glocke gehören, Gott sei Dank, zu unserer Ordnung. (Die Glocke oberhalb der Bibliothek läutet.)

Ninon.

Haha! Gut geläutet, Meister Schlosser! — Ich fand diesen Gang unpassend, aber nicht gefährlich.

6*

Jacqueline.

Mir gleich, wenn er nur unschädlich gemacht ist. Die schlimmen Buben muß man einsperren können, ein anständig Mädchen muß sich absperren können. Und so ist der Schlüssel der Herr auf Erden.

Ninon.

Hahaha! Er war's, er ist's, er muß es werden. Du bist ein kluges Mädchen, Jacqueline, und auf dieses Postament — ja lies nur die Inschrift — werden wir einen mächtigen marmornen Schlüssel setzen lassen.

Crédillon (kommt zurück).

Haben Sie das Läuten gehört? Das ist ehrliche Arbeit und da habe ich nur an der Thür gerüttelt, denn, wie gesagt, die Thür drüben ist von Eisen und gut versperrt.

Ninon (gibt ihm Geld).

Da nehmen Sie, mein Freund, und jetzt noch den Riegel vor, dann sind Sie fertig.

Crédillon.

Danke! Danke! — Das schöne Gold und — für ehrliche Arbeit! — Der Riegel soll aber auch schließen. (Crédillon schließt die Thür und hämmert den Riegel vor. Ninon und Jacqueline sehen ihm zu.)

Zweite Scene.

Vorige, André (tritt durch die Thür rechts ein und bleibt in der Thür stehen. Er trägt einen langen, weißen Mantel, der die ganze Figur verhüllt, und vor dem Gesichte eine Halbmaske.

André (ruft noch in der Thür).

Helene! — — — Helenchen! — — — (Er tritt näher.) Ah! — Man reparirt die Königsthür. — Sollten Majestät bei dem letzten Besuche über die Schwelle gestolpert sein? Die Kameraden sprachen unten von Veränderungen in der „galanten Bibliothek" — (Tritt ganz nahe zu Ninon.) Helene!

Jacqueline.

Ah! Ein Ueberfall!

Ninon (zu André).

Mein Herr! — Man nennt mich Fräulein Ninon von Montemar.

André (ist beim Anblicke Ninon's erschrecken und hat die Maske vom Gesicht genommen).

Ninon!

Ninon.

André!

André.

Um aller Heiligen Willen, Ninon, wie kommen Sie in dieses — — — Boudoir?

Ninon.

Oho, mein Herr, das Fragen ist an mir. Wer war die Helene, die sie hier suchten und die vor mir in diesen Zimmern gewohnt hat?

André.

Das ist's ja eben. — Noch heute Vormittag diese Helene, und jetzt — faß ich's denn? Glaubte ich's denn, wenn ich's nicht sähe? — Sie — Sie — Ninon von Montemar?

Ninon.

Oh, das ist schlecht von Ihnen, André! Was haben diese scherzhaften Declamationen mit Ihrem Verrath zu schaffen?

André.

Ich rede ernsthaft, Fräulein, sehr ernsthaft. — Ich bitte Sie, Ninon, schicken Sie die Leute fort. Es ist ja nicht möglich, daß Sie, Sie! — Oder sollte die teuflische Wollust nichts Anderes mehr wissen, als die Engel des Himmels zu entehren?

Crébillon (ist mit der Arbeit fertig).

Der Riegel hält.

Ninon.

Es ist gut, Sie können gehen.

Crébillon (im Abgehen zu Jacqueline).

Da drüben sind wohl die Riegel und Glocken entbehrlich.

Jacqueline.

Das versteht er nicht.

Crébillon.

Woher auch? — Sehen Sie, Mamsell, die Tugend ihres Fräuleins liebt nur die Hintertreppen von rechts. — Unterthänigster Diener! (Mit Jacqueline ab durch die Seitenthür rechts.)

Ninon.

Wir sind allein. — Was haben Sie zu Ihrer Ent= schuldigung zu sagen?

André.

Ich? Oh, das sind Kleinigkeiten.

Ninon.

Eine Kleinigkeit nennen Sie es, wenn Sie eine Helene suchen und beim Anblicke Ihrer Ninon erschrecken, als ob ein Gespenst vor Ihnen stünde?

André.

Diese Vorwürfe machen Sie mir? Sie, und hier in diesen Räumen?

Ninon.

Ich verstehe Sie nicht.

André (nimmt ihre Hand und sieht ihr in die Augen).

Ninon!

Ninon (hält seinen Blick unbefangen aus).

André!

André.

Nein! Nein! — Diese Augen lügen nicht. — Sind wir ungestört?

Ninon.

Der Kammerherr Graf Dubarry hat sich anmelden lassen.

André.

Dann sorgen Sie, daß er uns nicht überrasche.

(Ninon geht zur Thüre rechts und ruft.)

Ninon.

Jacqueline! (Jacqueline kommt. Ninon spricht leise mit ihr und Jacqueline geht durch die Mittelthür ab.)

André.

Ah, ich ersticke! (Er wirft den Mantel über einen Stuhl und erscheint in einem Harlequincostüme.)

Ninon (kehrt zu André zurück und bemerkt sein Costüm).

Ah! — Aber André! Wie sehen Sie denn aus? Ist das etwa die Uniform der königlichen Garde?

André.

Ja so! — Der Harlequin! Man könnte vielleicht sagen, daß unsere Beschäftigung an diesem Hofe mehr die von Harlequinen ist, als die von Soldaten. Aber in Wahrheit ist für heute ein Maskenspiel angesagt bei der Marquise von Pompadour.

Ninon.

Der ersten Palastdame der Königin?

André.

Jawohl, der ersten — Palastdame.

Ninon.

Aber dieses Costüm ist abscheulich; es ist unanständig und unwürdig eines ernsten Mannes.

André.

Allerdings, in diesem Augenblicke finde ich das auch, obwohl vor zehn Minuten mir die bunten Lappen noch viel Spaß gemacht haben.

Ninon.

Abscheulicher! Damals suchten Sie Helene.

André.

Es geschah — dienstlich, und dann — das war ein Anderes, ich bitte, glauben Sie mir, ein völlig Anderes, und jetzt handelt es sich um Sie, um Ihre Ehre, Ihr Leben, unser Glück!

Ninon.

Und an das Alles dachten Sie nicht, als Sie hier eine Helene suchten? Wer ist denn also jene Helene?

André.

Auch eine — Palastdame.

Ninon.

Ich bitte Sie, von diesem Amte mit größerer Achtung zu sprechen; auch ich, Ninon von Montemar, bin Palastdame der Königin.

André (verblüfft).

Nein, nein, Sie scherzen.

Ninon.

Ich spreche in vollem Ernste. Seit zwei Stunden bin ich Palastdame der Königin.

André.

Und Sie kennen die Obliegenheiten dieses Amtes.

Ninon.

Noch nicht ganz. Bezüglich des „großen Dienstes" hat man mir eine Instruction gegeben, und hier (sie nimmt einen Brief aus einer Cassette) kündigte Graf Dubarry mir seinen Besuch an, um mich über den „kleinen Dienst" zu unterrichten.

André.

Oh, der Unverschämte!

Ninon.

Ich bitte Sie, André, nehmen Sie den Mantel um. Ich kann Sie in diesem Aufzuge nicht sehen. Es ist eine Beleidigung für Sie und für mich.

André.

Und welchen Mantel werden Sie bereit haben für die Instructionen des Grafen Dubarry? Ich stehe vor einem Räthsel. Dieser Harlequinsanzug beunruhigt Sie, und dieses Zimmer, diese lustige Bibliothek ängstigen Sie nicht? Welcher böse Zauber hat Sie denn hiehergebracht, an einen Ort, wo für ein Mädchen Ihrer Art, sofern Sie mich nicht täuschen, doch so — — gar Nichts zu suchen ist —

Ninon.

Als ein ungetreuer Bräutigam, den ich gefunden habe. — Sie haben mich an diesen Hof geführt. Man hat mir üble Nachrichten gebracht von Ihrem Betragen, man hat mich nur glauben gemacht, daß Sie in wilden, soldatischen Uebungen Ihre gute Lebensart einbüßen, und ich Aermste glaubte diese

Fabel. Oh, man hat Anstand genommen, mir die Wahrheit zu sagen. Mit der Zuneigung, die ich als Kind Ihnen geschenkt hatte, mit dem ganzen Eifer für alles Gute und Edle, den man in St. Cyr nicht gelehrt hatte, beschließe ich, Sie zu retten. Ich bestürme den Onkel mit meinen Bitten; er widerstrebt; ich schreibe an die Königin und sie beruft mich in ihren Hofstaat. Der Onkel willigt ein und ich finde einen André — der (weinend) eine Helene sucht.

André.

Ninon! — Diese Helene und Alles, was ich bei ihr suchte, war nicht eine der Thränen werth, die Sie vergießen. Sie sollen und werden den André wiederfinden, Ihnen ergeben und Ihrer würdig. Aber jetzt beschwöre ich Sie, erzählen Sie weiter. Wie entfernte man Sie aus dem Hofstaate der Königin?

Ninon.

Man hat mich nicht entfernt. — Man erhöhte mich in meinem Range vom Edelfräulein zur Palastdame. Als ich heute Morgens mit Jacqueline von der Messe in der Schloßcapelle zurückkehrte, trafen wir in einer der Galerien unversehens mit der Jagdgesellschaft des Königs zusammen. Der König selbst hatte sich schon in seine Gemächer begeben, aber mehrere Minister und Kammerherren begrüßten mich; Graf Dubarry, dann der Herzog von Richelieu und ein dritter Herr, vornehmer, als beide — er stellte sich nicht vor — frugen mich um mein Amt, meinen Namen, meine Erziehung, und sagten mir viele Artigkeiten, die ich schicksam zu erwidern suchte. Ich hatte Nachmittags an diese Begegnung schon vergessen, als mir Graf Dubarry gemeldet wird und mir meine Ernennung zur Palast= dame ankündigt. Ich wollte mich zur Königin begeben, ihr für diese Beförderung zu danken, doch Graf Dubarry meinte, das hätte auch morgen Zeit, und ehe ich mich dessen versah, hatten die Lakaien mit Jacqueline meine Garderobe, meine Bücher und meinen Schreibtisch aufgeladen — und so bin ich da. — Ich bin erfreut über diese Berücksichtigung meines Namens und meiner Erziehung — aber ich sehe in der Sache nichts, was mich überraschen würde.

André.

Nichts? — Gar nichts? Ich werde diesem Schurken Dubarry den Hals brechen. Denn, glauben Sie mir, es ist

keine Ehre für ein anständiges Mädchen, an diesem Hofe Palast=
dame zu sein. Sie nehmen Anstoß an meinem Costüm? —
Unsere Palastdamen, Fräulein …

Ninon.

Nicht weiter. — Sie haben doch Einiges von der guten
Lebensart unter Ihren Soldaten vergessen. — Ich mag zugeben,
daß auch Damen sich übel betragen können, aber ich, Herr
Capitän, weiß sehr wohl, was mir geziemt und dem Dienste
der Königin.

André.

Sie wissen gar nichts, Ninon, und Sie verbieten mir,
es Ihnen zu erklären.

Jacqueline (kommt eilfertig durch die Mittelthür).

Der Graf Dubarry ist auf der Treppe.

André.

Ich werde ihn erwarten!

Ninon.

Das ist unmöglich, — Sie sind durch eine Seitenthür
gekommen.

André.

Wohl denn; aber gestatten Sie, daß ich zu Ihrem Schutze
in der Nähe bleibe.

Ninon.

Mein Ritter also! — Wie wäre es, wenn ich mit keiner
Helene die Ehre theilen wollte, Ihre Dame zu sein?

André.

Davon später; indessen …

Ninon.

Leistet Ihnen meine Jacqueline Gesellschaft.

(André und Jacqueline durch die Seitenthür rechts ab.)

Dritte Scene.
Ninon allein.
Ninon.

Kein Zweifel — André ist eifersüchtig. Er liebt mich
also noch — und doch diese Helene, diese unwürdigen Bemer=

kungen über den königlichen Hofhalt! Ah, mein Herr! Ninon soll zurück auf das Schloß in der Provence, damit der Herr Capitän das Bekenntniß und die Buße seiner Vergehungen erspare. Nein, Nein. — Ich will erfahren, was ich Ihnen zu verzeihen habe, damit ich weiß, wie ich es zu verzeihen habe, und — — (geht zur Seitenthür rechts) deshalb soll mich Ihre Ritterlichkeit nicht stören. (Sie sperrt die Thüre ab.) Ihre Ninon fürchtet sich nicht. Sie hätte auch dann sich helfen müssen, wenn André keine Helene hier gesucht hätte. (Sie steckt den Schlüssel in die Tasche.)

Vierte Scene.

Ninon, ein Lakai, später Dubarry.

Lakai.

Der Kammerherr Graf Dubarry bittet um die Erlaubniß, seine Aufwartung machen zu dürfen.

Ninon.

Der Graf Dubarry ist willkommen.

Dubarry (tritt ein und hält in der rechten Hand
ein Bouquet von Rosenknospen).

Herzlich willkommen, verehrtes Fräulein, im Dienste des Königs! Nehmen Sie diese Blumen nicht unfreundlich entgegen. Es sind Knospen, und wie jede dieser Knospen zur herrlichen Rose erblühen wird, so mögen alle ihre Reize und Gaben sich unter der Gnade des Königs zu jener stolzen Pracht entwickeln, welche — eben die Rosenknospe erwarten läßt.

Ninon.

Besten Dank, lieber Graf! — Nur hege ich bessere Hoffnungen für mich, als für die Knospen, die, von der nährenden Erde abgeschnitten, kaum mehr erblühen werden. Ich hoffe nicht, daß die königliche Gnade den Diamanten gleicht, die wie Thautropfen funkeln, in deren Fassung aber die Blume welkt.

Dubarry.

Die Blume. — Hat doch der Mensch allein das stolze Vorrecht, seinen Werth nur durch sein Leben zu erreichen. — Sie haben die Veranstaltungen in Ihrer Wohnung genehmigt?

Ninon.

Nicht alle — aber ich habe mich eingerichtet. Nur klagt meine Kammerfrau, daß man ihr verwehrt habe, in die Gemächer der Königin zurückzukehren.

Dubarry.

Ihre Kammerfrau will Sie verlassen? — Befehlen Sie, Fräulein, man wird sofort eine bessere in Ihre Dienste stellen.

Ninon.

Nicht das war's. Jacqueline hatte ihre Schlafhäubchen vergessen und wollte sie holen.

Dubarry.

Das war freilich unstatthaft.

Ninon.

Weshalb?

Dubarry.

Eine Vorsicht, die in wenigen Tagen entfallen kann, bis unsere jüngste Palastdame Stellung genommen haben wird zu ihrem Dienste. Man ist im Hofstaate der Königin eifersüchtig auf den größeren Glanz und den größeren Einfluß, welche dem Dienste des Königs zukommen. Man spricht drüben nicht ungern von der Tugend und der ritterlichen Galanterie, welche man allein nur mehr verstehen will und die wir arge Sünder ver= loren, vergessen haben sollen.

Ninon.

Ich kann nicht glauben, daß man ein Recht hat, so zu sprechen.

Dubarry.

Gewiß nicht. Wir sind hier nicht minder fromm, als die Herrschaften drüben. Nur predigen unsere Abbés über das, was wir Laien thun und drüben thun die Laien, was die Herren Abbés predigen.

Ninon.

Und sollte darin nicht doch ein Unterschied sein?

Dubarry.

Ein recht geringfügiger, so geringfügig wie der zwischen Vergebung und Gehorsam. — Und was die Galanterie betrifft, so gestatten unsere Damen, was die Galanterie der Cavaliere ermöglicht und drüben ermöglicht die Galanterie der Cavaliere nur so viel, als ihre Damen gestatten.

Ninon (lachend).

Das ist ein Wortspiel, Graf.

Dubarry.

Nichts Anderes, liebenswürdigstes Fräulein, und Sie sehen mit mir keinen Grund für jene hochmüthige Selbstüberschätzung, welche drüben über unsere Tugenden den Stab bricht.

Ninon.

Verzeihen Sie. — Und wenn Ihre Anmerkung vielleicht doch nicht blos ein Wortspiel gewesen wäre. Die Galanterie ist — sofern ich richtig belehrt wurde — der ritterliche Schutz, welchen der stärkere Mann dem schwächeren Weibe gewährt.

Dubarry.

Sehr richtig und — der Dank, welcher ihm für diesen Schutz zu Theil wird.

Ninon.

Natürlich. — Ich kann also in der Galanterie niemals die Möglichkeit eines Unrechtes erblicken.

Dubarry.

Gewiß nicht, denn wie der Schutz, — so der Dank.

Ninon.

Wo also hätte die hochmüthige Selbstüberschätzung Anderer den Anlaß, über Ihre Tugenden den Stab zu brechen?

Dubarry.

Nirgends — denn wo der Dank so sehr begehrenswerth ist, kann es an Rittern und an Schutz nicht fehlen. Und so erinnere ich mich, daß ich den kleinsten Dank von Ihnen noch nicht gefordert habe.

Ninon.

Welchen?

Dubarry.

Die Erlaubniß, Ihre schöne Hand küssen zu dürfen. (Er küßt Ninon die Hand.) Danke! Sehen Sie, Fräulein: Wir haben keine Drachen mehr, die junge Mädchen in ihre Höhlen ent=führen, wir tragen keine Panzer und Helme, und so öot sich die ritterliche Tugend in anderen Formen nicht für den Schutz, aber für die Freude des Lebens, für das, was seinen Inhalt, seinen Werth macht. Dieser Werth aber liegt in der Gelegenheit, Talente, Wissen, Geist und Anmuth zur Geltung zu bringen. Wir Männer haben die Macht, aber Frauen lenken uns in der Uebung unserer Befugnisse. So ist der holden, klugen Frau ihr Recht im Staate und jedem Mächtigen der Anspruch gegeben, seiner Thaten froh zu werden. Und Sie, Fräulein, haben Anspruch darauf, der Gewalt eines königlichen Scepters die Richtung zu geben.

Ninon.

Ich sollte meinen, das wäre Sache der Königin.

Dubarry.

Und ihrer ersten Palastdame, der Marquise von Pompadour. Sehr wahr. Aber ein Geist vermag nicht Alles zu übersehen. Vielfältig sind die Geschäfte des Staates und des Hofes und der kleine Dienst einer Palastdame ist in Wahrheit ihr großer Dienst. Ihre Gunst erhöht den Einen, sie verwirft den Andern und das Spiel ihrer Liebenswürdigkeit entscheidet oft die ernstesten Geschicke. Das ist eine erhabene Aufgabe.

Ninon.

Gewiß — gewiß — aber ich verstehe noch nicht.

Dubarry.

Ah, mein Fräulein, Sie sind vorsichtig und Sie haben Recht. Ich will auch mit dem Allen nur allgemeine Lehrsätze gesprochen haben. Für heute ist „Iftikâri“ die Losung des kleinen Dienstes. Sie gilt zunächst für das Maskenspiel in den Gemächern der ersten Palastdame, aber es ist nicht unmöglich, daß nach mir auch andere Cavaliere Sie begrüßen werden und so gilt die Losung auch für Sie. — Ein arabisches Spiel ist auf dem Wege über Spanien hier zur Mode geworden, ein Pfänderspiel für das Gedächtniß des Herzens. Die Spielenden verpflichten sich des Spiels zu denken und sie erweisen es damit, daß sie statt des Dankes für jede Dar= reichung sagen „Iftikâri“, das arabische Wort für „Mein Gedenken“ oder „Ich denk' daran“. — Wer die Formel ver= schweigt, hat verloren und stellt dem Gewinner eine Bitte frei, deren Gewährung in seiner Macht liegt. Erproben Sie, mein

Fräulein, in diesem Spiele, wo sie gewinnen wollen und was Sie gewinnen wollen. — Meine Instruction ist zu Ende.

Ninon.

Iftikâri! — Ich danke Ihnen, Graf. Noch bin ich zu neu in meinem Haushalte, um Ihnen die Tasse Chocolade anzubieten, von der ich noch nicht weiß, wo sie bestellen. Aber diese Bonbonnière mag Sie entschädigen. (Reicht sie ihm.)

Dubarry (nimmt ein Bonbon).

Iftikâri! — Sie haben diese köstlichen Confituren mit= gebracht?

Ninon.

Nein, ich fand sie, als ich eintraf.

Dubarry.

Deshalb prangen sie wohl auch auf diesem Schmucktisch, während meine armen Blumen — (Weist auf das vom Postament gefallene Bouquet.)

Ninon (ihn unterbrechend).

Verzeihen Sie — aber Ihre Begrüßung machte mich befangen und ungeschickt. (Sie steht auf und sieht sich im Zimmer um.) Hier' ist ja eine Vase. (Sie nähert sich dem Postament, um die Blumen aufzuheben.)

Dubarry (springt zu und reicht Ninon die Blumen).

Nicht doch — Fräulein. In eine kalte Vase kommen diese Rosen und keine soll ihre Besitzerin schmücken?

Ninon (nimmt die Blumen).

Iftikâry! (Sie nimmt eine Knospe und steckt sie in ihr Haar.)

Dubarry (sieht ihr zu).

O, mein Fräulein! — Wenn es nicht unschicklich wäre, ich hätte Sie noch einmal um die Gunst gebeten, Ihre Hand küssen zu dürfen. — Ihre Anmuth wird einen König bezaubern und Madame Pompadour wird das Scepter an Sie abgeben müssen.

Ninon.

Führt die erste Palastdame ein Scepter? (Die Glocke läutet.) Ah!

Dubarry.

Ein Glockenzeichen? — Sie sind unwohl, Fräulein?

Ninon.

Nein — o nein — diese Glocke . . .

Dubarry.

Hat Sie erschreckt. — Ich will doch sofort Leute rufen und nachfragen, was diese neue Glocke bedeutet.

Ninon.

Lassen Sie das, Graf. — Ein Cavalier genügt vorerst zu meinem Schutze und — Sie kennen ja wohl diese Räume?

Dubarry.

Allerdings!

Ninon (reicht ihm ein Bonbon).

Dann nehmen Sie.

Dubarry (nimmt das Bonbon).

Iftikâri!

Ninon.

Dann nehmen Sie noch eins (wie oben).

Dubarry (wie oben).

Iftikâri!

Ninon (wie oben).

Dann nehmen Sie noch eines — aber sagen Sie nicht „Iftikâri", sonst müßten Sie den ganzen Inhalt dieser Chatouille verzehren und ich müßte an Ihrer Galanterie verzweifeln.

Dubarry.

Nun denn — ich danke. (Er hebt das Taschentuch auf, das Ninon fallen ließ, und reicht es ihr.)

Ninon.

Iftikâri — — Was bedeutet dieser Gang?

Dubarry.

Welcher Gang?

Ninon.

Ah! — Bitte, reichen Sie mir ein Buch aus dieser Bibliothek. Ich verspreche Ihnen, nicht „Iftikâri" zu sagen.

Dubarry.

Ich werde die Ehre haben, Ihnen den Zweck der Bibliothek zu erklären. Man liest diese Bücher nicht, denn es

sind nur Bücherrücken, aber man liest ihre Titel. — Sie sehen
ja: „Die Armuth", „Der Bürger", „Die Cleriker", „Ein
Dichter", und so weiter durch das Alphabet bis Z — bis
„Zitternde Verbrecher". Diese Titel geben Gesprächsstoffe zu
passender Gelegenheit.

Ninon.

Aber die Thür, der Gang, in welchem uns eben irgend
Jemand belauscht.

Dubarry (betroffen).

Sie glauben, Fräulein?

Ninon.

Ich weiß es. — Diese Glocke gab das Zeichen, daß
der Gang betreten wurde. — Ah! — Da! (Sie eilt auf die
Bibliothek zu, ein Bücherrücken war zurückgeschlagen und wird wieder vorgeschoben.) Fort! — Haben Sie die fürchterlichen Augen gesehen?

Dubarry.

Erlauben Sie, Fräulein, daß ich mich zurückziehe!

Ninon.

Ich bitte, bleiben Sie, Graf. — Ihre Tapferkeit ist
keiner gefährlichen Probe ausgesetzt. — Der Dieb, welcher ein
Mädchen beschleichen will, hat die Thür verriegelt gefunden.

Dubarry.

Unmöglich! Das haben Sie gewagt? — Und wenn es
der König wäre, welcher diesen discreten Eingang benützt?

Ninon.

O, ich habe in diesem Augenblicke wenig Verständniß
für üble Scherze. — Der König bedarf keiner „discreten Ein-
gänge", er befiehlt und findet seine Unterthanen vor seinem
Thron.

Dubarry.

Jawohl, vor seinem Thron, aber —

Ninon (ihn unterbrechend).

Im Ernst also — was bedeutet der Gang?

Dubarry.

Im Ernst, Fräulein, ich weiß es nicht. Die drei
Palastdamen, welche vor Ihnen diese Gemächer bewohnten,
haben wegen dieses Ganges bei mir keine Beschwerde geführt.

7

Fünfte Scene.

Vorige, ein Lakai, später Graf Bourbon.

Lakai (meldet).

Der — Graf von Bourbon.

Dubarry (betreten).

Wen melden Sie?

Lakai.

Den — Grafen von Bourbon.

Bourbon (eintretend im blauen Domino und blauer Halbmaske).

Hier ist er selbst (er nimmt die Maske ab, der Lakai geht) und bittet seinen Freund Dubarry um Entschuldigung, wenn er seine Unterhaltung mit dem Fräulein von Montemar stören sollte. (Dubarry will sich zurückziehen.) Bleiben Sie nur, Dubarry. Mein Fräulein, Ihr Bewunderer von heute Vormittag begrüßt Sie und stellt sich Ihnen vor: Ludwig von Bourbon.

Ninon.

Ich kenne nur Einen dieses Namens, das ist der König.

Bourbon.

Und der Andere bin ich auf Grund einer Verwandtschaft, von welcher in den Schulbüchern des Institutes von St. Cyr — leider nichts vorkommt. Oder kennen Sie die Verwandt= schaftsgrade der Maske?

Ninon.

Nein!

Bourbon.

Wohlan! Sehen Sie diese Maske, ein unschuldiges Stück Seide mit zwei eingeschnittenen Augen. Stülpen Sie aber das Ding über Ihr Gesicht und — Sie können für meine Großmama gelten, meine Schwester, meine Frau. Sie haben aufgehört zu sein, was Sie sind. Sie sind aber ein Räthsel und — versuchen Sie es doch und nehmen Sie die Maske.

Ninon (nimmt die Maske und setzt sie auf).

Iftikâri!

Bourbon.

— Hm — und jetzt, liebenswürdigstes, blaues Atlas= gesichtchen, bist Du das, was so viele Menschen auch ohne diesen Seidenschirm zu Wege bringen, ein Nichts, ein Wesen

wie hundert Andere, die auch eine blaue Seidenmaske tragen.
Wer weiß, wie viel Geist und Schönheit hinter dieser Maske
steckt? — Dann aber fällt die Maske (nimmt sie Ninon ab) —
Iftikari! — und Sie sind Fräulein von Montemar und ich
bin, Dank einer gleichen Maskerade, Ludwig von Bourbon,
der Milchbruder des Königs.

Ninon.

Oder Sie sind es auch nicht, mein Herr — denn jetzt
tragen Sie die Maske.

Bourbon.

Der kleine Lappen macht es nicht. — Unsere Masken,
die wir tragen, die wir nur in wenigen glücklichen Augen=
blicken wegschleudern, das ist unser Gesicht, unsere Rede,
unser Betragen. Die große Welt sieht von uns zeitlebens
nichts, als diese Maske und der Reiz, die Kunst und die
Arbeit unseres Lebens ist es, die eigene Maske zu bewahren
und die der Anderen zu lüften oder zu durchschauen. Auch
Sie, mein Fräulein, tragen Ihre allerliebste kleine Maske,
und vielleicht ist diese kleine Maske gefährlicher, als diese
Bücher, die keine Bücher sind, als diese Bibliothek, die eine
Thür, als diese Thüre, die einen Gang maskirt.

Ninon.

Ah, Herr Graf, Sie kommen meiner Frage zuvor.

Bourbon.

Das bedeutet so viel, als daß ich Ihnen die Maske
dieser Thür lüften, daß ich ein liebenswürdiges Geheimniß
des königlichen Hofes verrathen soll, bevor ich weiß, welchen
Gebrauch Sie von dem Geheimniß machen?

Ninon.

Anvertraute Geheimnisse pflegt man zu bewahren.

Bourbon.

Damit ist recht wenig gethan. — Sie haben von diesen
Bonbons schon gegessen?

Ninon.

Nein, mein Herr. — Unsere Gouvernante in St. Cyr
sagte immer: Bonbons und höfliche Redensarten ohne Inhalt
sind Dinge, die man für den Gast aufhebt.

7*

Bourbon.

In der That. — Und Sie haben mir Nichts angeboten von Ihren Bonbons?

Dubarry.

O, ich danke, Fräulein, ich habe eine schwere Last dieser Confituren verzehren müssen.

Bourbon.

Ah! Wenn ich Ihnen nun das Geheimniß verriethe, daß Madame Pompadour auf Ihre Rangerhöhung eifersüchtig ist, und daß sie Ihnen diese Bonbons geschickt hat, um Sie zu vergiften.

· Ninon.

Allmächtiger Gott — der Graf ist verloren!

Bourbon.

Ohne Sorge, Fräulein. — Dubarry hat von dem Gifte auch anderwärts schon genossen, dem schadet es nichts mehr. —

Dubarry (zitternd).

Der Graf von Bourbon scherzt, mein Fräulein.

Bourbon.

Ich rede in vollem Ernste. Hätten Sie dann das anvertraute Geheimniß so gewahrt, daß Sie auch in diesem Falle dem Grafen Dubarry Ihre Bonbons angeboten hätten?

Ninon.

Um die Mitschuldige eines Mordes zu werden?

Bourbon.

Aber konnten Sie wissen, daß diese Bonbons kein Gift enthielten?

Dubarry (für sich).

Ich hoffe es wenigstens.

Ninon.

An ein Verbrechen konnte ich nicht denken.

Bourbon.

Und die Thür, von der Sie so wenig wußten, was sie bedeute, als von jenen Bonbons, diese Thür haben Sie für

ein Verbrechen gehalten und sie verrammelt. — Weshalb? —
Weil Sie wußten, daß von diesen Bonbons nur Ihre Gäste
zu kosten haben und weil Sie fürchteten, daß diese Thür nur
für Sie bestimmt sei.

Dubarry.

Sie glauben doch nicht im Ernste — Graf — daß
diese Bonbons vergiftet sind.

Bourbon.

Ich glaube es allerdings — wenn Frau von Pompadour
sie geschickt hat.

Dubarry.

Dann erlauben die Herrschaften, daß ich gehe, mich
darum zu erkundigen. Mich interressirt die Sache einigermaßen.

Bourbon.

Aber versäumen Sie nicht, uns Nachricht zu geben.

Dubarry.

Gewiß — gewiß — wenn ich bis dahin noch lebe,
noch sprechen und noch gehen kann. (Er geht eilig fort.)

Sechste Scene.

Bourbon, Ninon.

Bourbon (lacht).

Hahaha, Fräulein, da sehen Sie Ihre verriegelte Thür.
— Graf Dubarry weiß besser, als Sie und ich, daß Madame
Pompadour ihre Gifte nur in ihren schönen Augen hat, daß
sie mit diesen Augen allerdings den König krank gemacht hat
— und vielleicht noch manchen Anderen auch — vielleicht
auch Frankreich. — Aber er läuft zum Arzt und wird sich
mit Gegengiften den Magen verderben.

Ninon.

Es war auch eine recht grausame Art, ihn so fort-
zuschicken.

Bourbon.

Bravo! Ein erster schüchterner Blick unter die Maske.
—- Pah! Dieses Volk will es nicht anders. Man muß sie
treten, um einigen Verstand aus ihnen zu pressen. — Die

Marquise von Maintenon war eine kluge Frau. Sie hat in St. Cyr die Schule gegründet für ihre Nachfolgerinnen. Und Sie, Fräulein, sind in St. Cyr erzogen. — Glauben Sie mir, die Damen dieses Hofes sind Bauerndirnen und Bonnen in prunkenden Kleidern. Ihr Ehrgeiz geht nach Diamanten und Liebschaften. Ihr Geist ist die Coquetterie, und wer die einmal besiegt hat, gewinnt die Langeweile oder den Abscheu. — Und eine Maintenon ist es, welche dem Könige noch fehlt.

Ninon.

Ah, mein Herr, ich verstehe. Dieser Gang stellt den Weg dar vom Könige zu seiner Freundin und Sie fragen für den König, ob ich den Ehrgeiz habe, diese Freundin zu sein. — Wer aber ermächtigt Sie zu dieser Frage?

Bourbon.

Der König. — Ich will jetzt und heute noch keine Antwort, als die, ob Sie geneigt sind, ihm die Wiederholung dieser Frage zu gestatten. — Träte erst der König durch die Empfangsthür in Ihren Salon, dann wäre die Frage schon entschieden — für Sie wenigstens, denn sie müßten für den Hof als die Freundin gelten, welche der König mit seinem Besuche beehrt.

Ninon.

Und diese Thür verschlägt Nichts? — Graf Dubarry sagte mir, daß die drei Palastdamen, welche vor mir diese Gemächer bewohnten, keine Beschwerden hatten gegen die Thür, und ich fand die Thür unverschlossen. Man weiß also, was es für eine Frau, was es für den König bedeutet, wenn diese Gemächer bewohnt sind.

Bourbon.

Nichts und Alles. — Heloise von Préfond hat ein Jahr diese Zimmer bewohnt und hat während dieses Jahres den König nur bei Hofbällen gesehen. Madame war geistreich und von einer unergründlichen Häßlichkeit. Sie ging von hier als Aebtissin in ein Kloster. Françoise von Haussonville hat die Diamanten des Königs geliebt und Helene von Croix hat den König betrogen. Fragen Sie den Grafen von Anville, ob diese Thür an Ihrer Tugend Schaden gemacht hat.

Ninon.

Den Grafen von Anville? — Ah, Graf, und ich — Ninon — Oh — ich ersticke! (Sie sinkt halb ohnmächtig zurück.)

Bourbon.

Sie nehmen meine Plaudereien zu ernsthaft. — Sie sind unwohl. — Hier ist ein Flacon, liebes Fräulein. (Reicht es ihr.)

Ninon (nimmt es).

— Iftikäry — Sie haben Recht, Graf. Ihre Bemer= kungen überraschten mich. Aber halten Sie nicht selbst den Vorschlag für bedenklich, daß ich es darauf wagen soll, das Schicksal dieser Heloise, Françoise und Helene zu theilen. — Sie werden sagen, daß ich hübscher bin als Heloise, daß Diamanten meinen Ehrgeiz nicht ausmachen und daß die Grafen Anville, oder wie sie sonst heißen mögen, mir Nichts anhaben können; aber wenn diese Freundin dem Könige die Treue bewahrt, wer bürgt der Freundin für das Vertrauen des Königs?

Bourbon.

Ein königliches Wort.

Ninon.

Mag gelten über Alles, was im Machtbereiche des Königs ist. Aber Einer in Frankreich steht außer dieser Macht, und das ist der König selbst. — Uebrigens kenne ich den König nur aus den schlechten Bildern in St. Cyr und kennt mich der König noch gar nicht.

Bourbon.

Doch! Er hat Sie gesehen und gehört.

Ninon.

Wo?

Bourbon (auf die Thür weisend).

Dort.

Ninon.

Nein — das ist nicht möglich. — Das kann der König nicht gewesen sein. O, mein Herr, das waren die Augen eines Raubthieres, die ich auf mich gerichtet sah, und so hämisch schienen diese Augen zu lachen, wie etwa der Teufel lachen mag, wenn er eine Seele gestohlen hat.

Bourbon.

Sie waren erschreckt und da hat Ihre Phantasie mehr gesehen, als Ihre Augen.

Ninon.

Mag's Seine Majestät mir verzeihen. In diesem Augenblicke wurde mir klar, warum man bei uns die Tugend als ein Weib darstellt, und den Mann — als das Laster.

Bourbon.

Weil der Mann das Weib liebt, wie das Laster die Tugend, weil das Weib dem Mann zu eigen wird, wie die Tugend dem Laster.

Ninon.

Lästern Sie nicht, Graf. Zwischen Tugend und Laster gibt es nur einen ewigen, unauslöschlichen Haß.

Bourbon.

O, das leugne ich und bezweifle, daß man Sie in St. Cyr diesen Haß gelehrt hat. Was ist das Laster denn Anderes, als die schwach gewordene Tugend, und welche Tugend gilt höher, als die zurückgekehrte, dem Laster abgerungene? Ist es etwa Tugend in Ihren Augen, was in seiner Einfalt und Ohnmacht auf den gebahnten Wegen einhertrottet? Machen Sie doch ein Laster zur Tugend, Fräulein! Bekehren Sie den König, indem Sie ihn beglücken! Er wird von Ihrer Tugend empfangen, so viel Sie ihm davon geben und Ihre eigene Tugend wird vor Ihrem Herzen rein und leuchtend bleiben. Vor diesem Gange steht ja ein Priester, der jeden Willkomm, den Sie bieten, segnet. Und kennen Sie diesen Priester? Man hat den Götzendiener zerschlagen lassen, welcher bisher diese Räume entweihte. (Er geht zur Thür und wirft den Lakaien. Diese bringen eine Amorstatuette und stellen sie auf das Postament.) Dieser prächtige Junge segnet, heiligt und ehrt das Verhalten der Frau. Er entschuldigt Alles und auf seinen Flügeln hebt er uns hinweg über engherzige Vorurtheile, über Bücherregeln und über die Aengstlichkeiten der mädchenhaften Scheu. — O, stünde der König an meiner Stelle, er könnte in Ihren Augen, in Ihrem erstaunten Lächeln die ersten schüchternen Vorboten seines Glückes sehen.

29

(Die Diener haben sich, während Bourbon das Obige etwas leiser sprach,
wieder zurückgezogen.)

Ninon.

Und warum steht der König nicht an Ihrer Stelle?
— Ich würde ihn bitten, die ketzerische Inschrift von dem
Götterbilde zu entfernen:

„Erkenne Deinen Herrn auf Erden,
Ich war's, ich bin's, ich muß es werden."

O, Sie haben Recht, Graf. — Die Liebe entschuldigt
Alles, auf ihren Flügel trägt sie uns hinweg über die Ver=
gehung des Geliebten, über die kleine Eifersucht, welche ihn
bewacht, und läßt uns nur das Herz suchen und finden, das
unser blieb. — Aber die Liebe ist ein Göttliches; sie hat in
uns Menschen wohl einen Anfang, aber kein Ende, und darum
ist es Ketzerei, wenn dieser Amor von sich sagt — „ich war
dein Herr". — Wenn er es einmal war, dann, Herr Graf,
oh, dann bleibt es auch für alle Ewigkeit. — Mit diesem
Amor aber habe ich nichts zu schaffen.

Bourbon.

Holdseliger Engel! Du sprichst eben wie ein echtes, herr=
liches, langgesuchtes und doch gefundenes Weib. Ich glaube
es, und mich entzückt's, daß Deine Liebe kein Ende hat, und
so will ich es gerne mit Dir halten. Aber dem Mann
mußt Du gestatten, daß er anders sucht, wie Du, daß
er die Enttäuschungen, welche Euch vernichten würden,
überdauert, daß er vielfach zu lieben glaubt, und an der
Vergänglichkeit seiner Empfindungen erst den Irrthum erkennt.
Alle unsere Sinne, die in der roheren Uebung des Lebens
mehrfache Kraft und Arbeit fordern und mehrfachen Genuß
gestatten, täuschen uns leichter und öfter. Das Verlangen nach
einem Kusse, einer Umarmung, scheint uns Liebe zu sein; der
Uebermuth, die Langweile, die Eitelkeit führen uns zum Spiele
mit der Liebe, und — wie Du geehrt sein sollst, und Deine
Ehre die des Königs werden wird, so erkenne die rechte Liebe
darin, daß sie um die Ehre des Geliebten sorgt und wirbt,
wie um ihre Gunst, und der liebt Dich ewig, der um Deine
Ehre zittert.

Ninon.

Wahrhaftig! — O tausend Dank, mein Freund, für diese Lehre. Sie lehrt mich verzeihen, sie macht mich unendlich glücklich.

Bourbon.

Ninon! — Geliebte! (Er küßt sie.)

Ninon (wehrt sich).

Ah! Zu Hilfe!

Siebente Scene.

Vorige, später André.

André (hinter der Thür).

Ninon! Ninon! — Oeffne!

Bourbon.

Was soll das! Wir sind belauscht?

Ninon.

Ja wohl, mein Herr. Der Schützer meiner Ehre ist es, der — nicht in diesem Zimmer ist. O, Graf! — Hat Ihnen der König auch Vollmacht gegeben, mich zu küssen?

Bourbon.

Nicht weiter, Fräulein. Wer ist der Ritter?

Ninon.

Derselbe, dessen Vergehen die Liebe entschuldigt, dessen Uebermuth und Eitelkeit mit einer Helene spielen konnten, dessen Herz aber mir gehört, wie ihm das meine.

Bourbon.

Und ich wäre von diesem Grafen Anville betrogen? Nein, mein Fräulein. Oeffnen Sie.

Ninon.

Ich öffne nicht.

Bourbon.

Ich befehle es. Geben Sie den Schlüssel.

Ninon.

Nein.

Bourbon.

So soll ich Wachen rufen?

Ninon.

Wer sind Sie, mein Herr?

Bourbon.

Der König.

Ninon (sinkt in die Knie).

— — — Verzeihung, Sire!

König.

Den Schlüssel, Fräulein, den Schlüssel!

Ninon.

Ich gehorche — hier ist er. (Gibt den Schlüssel.)

König.

Danke! (Geht zur Thüre, um zu öffnen.)

Ninon (springt auf und macht ein Compliment).

Jftikâri! Majestät.

König (nach einer Pause).

Sie haben das Spiel gewonnen, Fräulein! (Er öffnet die Thür.) Heda, Graf Anville! — (André tritt ein.) — Ein Harlequin! Danken Sie es mir, Graf, daß Fräulein von Montemar Ihnen verzeiht. Aber, beim heiligen Georg! Noch eine Helene und ich hole den Pardon — für mich. — (Er nimmt Mantel und Maske.) Und nun Ihre Bitte.

Ninon.

Oh, eine Bitte an den König! Gestatten Sie mir, Majestät, auf Schloß Anville den Anlaß für solche Bitte abzuwarten!

König.

Mag sein. Aber nicht zu lange; ich brauche Sie in Versailles, daß Ihre Tugend und Ihr Geist den Damen Frankreichs ein Beispiel geben. (Ab.)

Ninon (umarmt André).

Bis an mein Lebensende will ich in Schloß Anville die Bitte überlegen. Damit gedenke ich den Damen Frankreichs das beste Beispiel zu geben.

(Der Vorhang fällt.)